마탑의 사서

양인산 판타지 장편소설

ORIGINAL FANTASY STORY & ADVENTURE

dream
books
드림북스

마탑의 사서 10

초판 1쇄 인쇄 2017년 9월 20일
초판 1쇄 발행 2017년 10월 11일

지은이 양인산
발행인 오영배
기획 박성인
책임편집 황지희
일러스트 MJ
제작 조하늬

펴낸곳 (주)삼양출판사 · 드림북스
주소 서울시 강북구 도봉로 173
대표 전화 02-980-2112 **팩스** 02-983-0660
편집부 전화 02-980-2116 **팩스** 02-983-8201
블로그 blog.naver.com/dreambookss
출판등록 1999년 3월 11일 제9-00046호

ISBN 979-11-283-9273-3 (04810) / 979-11-313-0442-6 (세트)

드림북스는 (주)삼양출판사의 판타지 · 무협 문학 브랜드입니다.

ORIGINAL FANTASY STORY & ADVENTURE

양인산 판타지 장편소설

마탑의 사서 ⑩

dream books
드림북스

목 차

Chapter 01

전쟁의 서막

　　바올라 제국이 메이어 신성 제국에 선전포고를 하면서 아이벤 대륙을 뒤흔들 대전쟁이 시작되었다. 이 전쟁은 바올라 제국과 메이어 신성 제국의 총력전으로, 두 나라의 역사를 뒤바꾼 사건이라 역사학자들이 입을 모아 말하고 있다.

　　　─ 『아이벤 대륙의 역사』 中 ─

　　　　　*　　　*　　　*

풍년이었던 이번 해에 수많은 곡식을 얻은 농민들은 활

기를 띠며 기뻐해야 할 테지만, 마이셀 백작령의 농민들은
웃을 수가 없었다.

전쟁. 엘리즈가 대축제 때의 사건으로 메이어 신성 제국
에 선전포고했다는 것이 퍼지면서 마이셀 백작령은 완전히
긴장 상태로 돌입한 것이다. 얼마나 긴장 상태가 유지되는
지 말해 주듯, 병력들이 매일 마을 곳곳을 돌아다니고 있었
다.

아직 징병까지는 하지 않았지만, 그 분위기를 의식한 듯,
건장한 남성들은 두려운 눈으로 병사들을 바라보고 있었
다. 전쟁이 터졌으니 지금 당장 징병돼도 이상할 게 없기
때문이다. 그리고 발렌의 저택 내에서도 그에 대한 얘기가
많았다.

전쟁이 본격화되고, 양국이 서로 부딪쳤을 때, 바올라 제
국의 많은 영지 중에 가장 먼저 공격당할 영지라 하면 마이
셀 백작령이다. 메이어 신성 제국과의 국경과 붙어 있다 보
니 자연스럽게 먼저 침공받는 곳이 이곳일 수밖에 없는 것
이다.

이것이 발렌에게 상당한 골칫거리를 안겨 주었다.

'하아, 빌어먹을 보나바르의 저주.'

발렌은 깊은 한숨을 내쉬며 보나바르를 실컷 욕하고 있
었다. 어떻게든 모든 악재가 자신에게로 향하게 되는 마법

을 걸었다고 하는데, 그것 때문에 이런 문제가 발생한 게 아닐까 생각했다.

센티스 백작가를 몰락시킨 것까지는 좋았으나, 그 덕분에 국경이 맞닿아 버렸으니 전쟁에 대한 여파를 직접적으로 받게 되었다.

"영주님, 제 말을 듣고 계십니까?"

벨루나 자작의 말에 발렌이 정신을 차렸다. 그는 세 자작들과 여러 참모들을 모아 놓고 전쟁에 대한 문제를 놓고 회의 중이었다. 자신의 영지가 입을 피해에 대한 문제로 정신이 팔린 그가 정신을 차리고 벨루나 자작에게 답했다.

"죄송해요. 잠시 다른 생각을 하느라 못 들었어요."

"그럼 다시 말씀드리겠습니다. 병력이 부족한 마이셀 백작령은 징병이 가장 시급합니다. 메이어 신성 제국에도 선전포고문이 도착했을 테니 언제 적군이 들이닥쳐도 이상할 게 없습니다. 현재 세인브리트에서 출발한 병력들이 마이셀 백작령으로 오고 있습니다. 수도의 병력이 도착할 때쯤이면 우리 영지에서도 병력을 움직여 달라 요청할 겁니다."

바올라 제국의 수도인 세인브리트는 중앙에서 약간 동쪽에 치우쳐져 있는 덕분에 한 달, 늦어도 세 달 안으로 도착할 수 있지만, 메이어 신성 제국의 수도는 중앙에서 서쪽으로 치우쳐져 있는 탓에 도착하려면 시일이 꽤 걸린다. 바올라 제국이 좀 더 빨리 도착하여 전쟁에 더 유리하다는 뜻이었다.

"우리 영지는 병력의 수가 적어요. 센티스 백작령의 병사들이 우리 영지의 병사로 귀속되었다고는 하지만, 아직 규합하지 못한 상황이고요."

센티스 백작에 충성을 하던 군 간부도 있기에 반발이 심했다. 그들을 어떻게든 포섭하기 위해 노력 중이나, 쉽지 않은 것도 사실이었다. 충성심은 결코 돈으로만 얻을 수 있는 것이 아니다. 또 군 간부들은 몇몇 소수를 제외하고 귀족 출신이다. 평민 출신인 발렌을 깔보는 듯한 자도 존재했다. 군 간부들이 그러면 어떻게 되겠는가. 제대로 돌아갈 계획도 내부에서 제대로 맞춰 주지 않을 테니 엇나갈 것이 분명하다. 강압적으로 나온다면 어떻게든 진행할 수 있겠지만, 불만만 커질 뿐이다.

"아직 우리 영지에 그들을 징집하기는 많은 문제가 있어요. 징집 문제는 추후 재고하도록 하죠."

"예, 영주님. 그래도 혹시 모르니 그들에게 기초 군사훈련 정도는 시키도록 하겠습니다."

그 정도쯤은 괜찮을 것 같았다. 그들도 타국의 침략으로 인해 고향이 유린당하는 걸 볼 수 없을 테니 민병대 정도의 역할을 맡기면 충분할 것 같았다. 발렌이 알겠다는 듯 고개를 끄덕였다.

"그리고 현재 수도에서 오고 있는 병력을 이끄는 이가 황제 폐하시라고 합니다."

"예?"

발렌은 의아한 표정으로 벨루나 자작을 바라보았다. 엘리즈가 직접 병력을 이끌고 오다니? 황제가 타국과의 전쟁에 직접 출병하는 사례가 있긴 하지만 흔하지 않은 탓에 의아한 얼굴이 될 수밖에 없었다.

"아무래도 황제 폐하께서 아덴 공작을 직접 처단하시려는 것 같습니다."

"꽤나 위험할 텐데 황제 폐하께서 직접 병력을 이끈다니……."

발렌은 침음했다. 엘리즈도 단단히 각오를 한 모양이다.

'돌아가신 탑주님에 대한 복수인가?'

자신의 스승을 죽인 아덴 공작에게 복수를 하는 것은 충분히 이해가 갈 만한 일이다. 그렇지만 너무 위험한 곳으로 가는 것이 아닐까란 걱정이 들었다. 전쟁은 결코 장난이 아니다. 발렌도 아루스 황제와 가벨 황제가 서로 전쟁을 치르면서 많은 이들이 허무하게 죽는 광경을 많이 보았다. 엘리즈도 그러지 말란 법이 없었다.

"후우."

발렌이 한숨을 크게 내쉬었다. 그녀가 복수하고자 하는 마음을 품는 건 충분히 이해한다. 그러나 자신의 안위도 걱정해야 하는 것이 바로 복수다.

그녀가 복수에 눈이 멀어 무모하게 나서지 않았으면 좋겠다는 생각을 했다.

* * *

전쟁에 대한 회의를 한 발렌은 발리바나 연탑으로 향했다. 여전히 혼자 지내는 이바나를 위해 가끔 말벗이 되어 주고자 찾아가는 것이다. 그는 이제 거동에도 문제가 없어 며칠 전부터는 목발에 의지하지 않아도 걸을 수 있게 되었다. 발리바나 연탑에 도착한 발렌은 이바나의 집무실로 향했다.

"이바나 씨, 안에 계세요?"

"들어와."

이바나의 허락에 발렌이 문을 열고 안으로 들어갔다. 깔끔하게 정리된 집무실의 책상에 앉아 있는 이바나. 그녀는 관자놀이를 꾹꾹 누르며 고민하고 있었다. 양피지에 뭔가를 적고 있는 것이다.

"뭐하고 계셨어요?"

"제자들을 구해야 하는데, 사람들이 전혀 안 모여서 말이야. 공문을 붙여도 한 달째 오는 사람이 단 한 명도 없어. 연금술사에 대한 인식이 안 좋아서 그런가 싶어서 어떻게든 설득하고 싶은데, 딱히 떠오르는 게 없네. 마침 잘 왔다. 네가 내 대신 대필해 줄래?"

발렌이 그녀가 쓴 글을 읽어 보았다. 그녀는 연금술사에 대한 좋은 말을 써 놓았고, 결코 세간에 알려진 것만큼 좋지 않은 직업이 아니라는 것을 강조해 놓았다. 자신의 생각을 잘 써 두기는 했지만 사람을 설득시키기에는 조금 힘들어 보였다.

"너무 억지로 자신의 생각만을 강요하는 것 같은 느낌이네요."

"음…… 역시 그런가?"

"사람을 설득하려면 논리적으로 말을 포장해야 하는 법이죠."

"역시! 책 많이 읽은 녀석은 다르다니까! 네가 도움이 될 때도 있구나!"

이바나의 얼굴에 미소가 만개했다. 그러나 발렌은 그녀의 말에 웃을 수가 없었다.

"……평소에 절 얼마나 낮게 평가하고 계셨던 건가요?"

"농담이야, 농담."

이바나가 신경 쓰지 말라는 듯 장난스럽게 웃어 보인다. 발렌은 알겠다는 듯 고개를 주억이더니 양피지를 바라보면서 한마디 했다.

"그런데 이거 제가 대필해도 상황은 변하지 않을 거예요."

"왜?"

이바나가 의문을 띄운다. 방금은 된다는 듯이 말하더니 변하지 않을 거란다. 발렌은 그 이유를 말해 주었다.

"제 영지민들 중에서 무역도시민을 제외하고 글을 읽고 쓸 수 있는 사람은 소수거든요."

"뭐?!"

이바나가 화들짝 놀랐다. 그건 전혀 생각지도 못한 것이다.

"이 영지 대다수가 문맹이라고?"

"예. 제 영지민들은 농민과 사냥꾼이 대다수니까요."

"그, 그럼 글을 알려 줄 선생님들은?"

"없어요. 글을 아는 사람들은 마을에서 촌장님들과 그 가족들, 그리고 어깨 너머로 배운 몇몇 뿐이니까요."

평생 밭을 일구고 사냥하는 그들에게는 굳이 글이 필요 없다. 자신에게 맞는 일에 대한 지식만 얻으면 되기 때문이다. 또한 글을 알려 줄 선생들도 없었다.

"제자로 들인다 해도 글을 읽고 쓸 줄 모르면 또 곤란한데. 그럼 글을 먼저 가르쳐야 한다는 거잖아."

"그렇죠."

이바나가 더 앓는 소리를 냈다. 연금술에 대해 가르칠 것이 안 그래도 많은데 글공부를 먼저 알려 줘야 할 판이라니. 제자들을 양성하려면 자신이 예상했던 것 이상으로 더 오랜 시간이 걸릴 거란 생각이 들었다.

"흠……."

발렌은 문득 생각에 잠겼다. 영지민들에게 글을 알려 주는 건 어떨까 하는 생각이 들었다. 발렌이 아올란 마을에서 지냈을 때도 글을 몰라서 사기를 당할 뻔한 마을 주민이 있었다. 다행히 샤란이 글을 읽을 줄 알아서 항의하며 바로 신고를 해서 막아 주었지만, 이곳이라고 다르다는 법은 없다. 계약을 잘못해서 순식간에 집을 빼앗기는 사례도 적잖게 있다.

글을 알아서 나쁠 건 없다. 오히려 글을 알아 두면 좋은 것이 더 많았다. 사기를 당할 확률도 크게 줄어들고, 자신의 말을 제대로 표출할 수 있기 때문이다. 거기다 숨은 인재들을 발굴해낼 수도 있을 테니 더더욱 도움이 될 것이다.

"이바나 씨 덕분에 좋은 일이 떠올랐네요."

"응? 뭔데?"

"글이요."

"……?"

이바나가 고개를 갸웃거리며 그를 바라본다. 발렌은 그
저 미소를 지을 뿐이다.

＊　　　＊　　　＊

발렌은 연탑에서 나와 저택에 도착하자마자 사람들을 모
아 자신의 생각을 말했다. 영지민들에게 글을 가르치자고.
전쟁에 대한 얘기로 한창인데, 갑자기 전쟁과 동떨어진 이
야기가 나오니 벨루나 자작이 의아한 표정으로 그를 바라
보았다.

"제가 잘못 들은 겁니까?"

"글을 읽지 못한다면 가르치는 겁니다. 글만 알아도 사
기를 당하지 않을 수 있고, 제대로 된 교육을 받을 수 있을
테니까요."

글만 알면 책도 읽을 수 있다. 그 책에 대한 이해는 따로
해결해야 할 문제지만, 그래도 많은 도움이 되는 것도 사실
이다. 지식을 쌓아서 나쁠 것이 하나도 없다.

"영지민들에게 글을 읽고 쓸 수 있게 하자니. 지금까지

단 한 번도 생각하지 않은 일입니다."

벨루나 자작은 이 일에 대해 깊이 생각해 보았다. 그들에게 글을 가르치면 어떻게 될까. 가장 먼저 부정적인 생각이 들었다. 그들의 지식이 쌓여 나중에 자신들이 하는 일에 그들이 불만을 가지는 경우 목소리를 높이면 어쩌나 그런 생각을 하는 것이다. 순순히 따르는 영지민들이 대다수겠지만, 소수가 목소리를 키우고 군중을 이루면 그것을 무시할 수 없는 노릇이다.

"저는 솔직히 부정적이라고 말씀드리고 싶습니다."

"벨루나 자작이 무슨 생각을 하는지 알아요. 하지만 글을 배우면 영지민들의 지식 함양에 도움이 되고, 또 인재들을 발굴할 수 있잖아요. 지금 당장은 힘들겠지만, 미래를 본다면 투자할 만한 일이라고 생각해요."

영지민들 중 인재를 발굴한다면 그만큼 영지에 득이 된다. 그들이 영지 내에서 많은 일을 해내면 그만큼 영지가 발달할 수 있다는 뜻이다. 머리가 좋은 사람들이 기발한 것을 만들어 내고 그것으로 하여금 힘을 키울 수도 있다.

"그리고 사기에 대한 피해도 어느 정도 예방할 수 있고요. 또 다양한 일에 진출할 수도 있어 그들에게도 충분한 기회가 부여되어 영지에도 큰 도움이 되겠죠."

발렌은 부정적인 것보다 긍정적인 것이 더 많다며 벨루

나 자작을 설득하기에 이르렀다. 그의 설득에 넘어간 벨루나 자작은 곧 고개를 끄덕였다.

"영주님의 말씀은 이해했습니다. 확실히 부정적인 것보다 긍정적인 면이 많아 보입니다. 그렇다면 어디에서 가르치실 생각이십니까?"

"학교를 만드는 거예요. 지금 당장은 전쟁 자금 때문에 학교를 짓지 못하겠지만, 임시로 천막을 설치해서 가르칠 공간을 만들도록 하죠."

"학교 건축은 그렇게 해결한다고 하지만, 그럼 글공부를 가르칠 사람이 필요하지 않겠습니까? 누구를 고용하실 생각이십니까?"

이제는 글공부를 가르칠 사람을 고용하는 것이 문제가 되었다. 발렌은 글공부를 가르칠 사람이 누가 좋을지 고민을 해 보았다.

"각 마을 촌장과 그 일가를 정식으로 고용하면 되지 않을까요? 지금은 겨울이라 굳이 사냥을 나가지 않아도 되고, 한 사람 혹은 두 사람만 있어도 충분할 테니까요."

"겨울에는 가능하지만, 그럼 농작을 해야 하는 때는 어쩌실 겁니까? 촌장들은 물론이고, 가르치는 학생들도 농번기에는 농업에 투입되어야 하지 않습니까."

"……."

발렌은 거기서 막혀 버렸다. 겨울에는 농작을 하고 싶어도 할 수 없지만, 농작물을 길러야 하는 때에는 그들도 농사를 지어야 하기 때문이다.

농민들은 대가족을 이루는 경우가 많다. 아이들 한 명 한 명이 일손이다. 한 명만 빠지는 것도 크게 느껴질 수밖에 없다.

'거기까지는 생각하지 못했다.'

발렌은 고심했다. 자신이 생각하는 것 이상으로 문제가 복잡해지는 것이다.

"그 일이라면 크게 걱정하지 않아도 될 겁니다."

샤란이었다. 언제 왔는지, 샤란은 문 앞에 서서 미소를 짓고 있었다. 발렌이 자리에서 일어나 그녀를 맞이했다.

"어머니, 어쩐 일이세요?"

"어쩐 일이긴. 근처를 지나다가 벨루나 자작과 너의 열띤 목소리가 들려와서 들렀지. 흥미로운 일을 진행하려고 하는구나."

샤란이 장하다는 듯 발렌의 머리를 쓰다듬었다. 영주로서 영지민에게 조금이라도 도움을 주려는 모습, 귀족이 되었어도 거만해지지 않고 평소처럼 사람을 대하는 그를 보니 자랑스럽기까지 했다.

"저도 선생을 하면 겨울은 물론, 농번기에도 운영할 수 있을 거예요. 자신의 아이들에게 배움의 기회를 주고 싶은 부모들은 약간의 고생을 감수하더라도 보내겠지요. 그럴 형편이 되지 않아도 아이가 배우고 싶어 하면 일이 끝나고 언제든 올 수 있도록 일주일에 두세 번 저녁 수업도 진행하는 방법이 있습니다."

"정말 괜찮으세요? 힘들지 않겠어요?"

발렌은 하루에 하기에는 많은 일이 아닐까 하는 생각이 들었다. 샤란은 걱정하지 말라는 듯 미소를 지었다.

"이미 아올란 마을에서 그런 식으로 가르치지 않았니. 학생 수가 훨씬 많을 것만 빼면 크게 다르지 않을 것 같구나. 물론 체력을 고려해서 일정을 잡아야겠지만 말이다."

샤란도 발렌의 의견에 적극 찬성하며 이 일에 참가하고 싶은 눈치였다. 벨루나 자작은 아직 걸리는 것이 있는지 쉽사리 대답하지 못했다.

"그리고 벨루나 자작. 농번기에는 크게 걱정하지 않아도 됩니다. 한 가지 방법이 있으니까요."

방법이 뭐가 있느냐는 듯 바라보는 벨루나 자작. 아무리 생각해도 딱히 떠오르는 방법은 없었다. 그녀는 벨루나 자작이 상상도 못한 방법을 제시했다.

"저택의 도서관을 개방해서 언제든 자유롭게 쓸 수 있도록 하는 겁니다. 사정이 여의치 않아서 오지 못하는데도 책을 읽고 싶어 하는 아이들이 있다면 언제든 책을 빌리고, 읽을 수 있도록 말이죠."

입이 떡 벌어질 만한 발언. 벨루나 자작의 입이 도저히 다물어지지 않았다. 한 귀족가의 저택인 이곳을 영지민에게 개방하겠다고? 그 어떤 나라에서도 그런 사례를 찾을 수 없었다.

"발렌, 어떻게 생각하니?"

도서관을 개방한다니. 발렌은 그것도 나쁘지 않겠다는 생각을 했다. 마이셀 백작가의 저택 내에 하나 있는 도서관. 그리고 얼마 전 센티스 백작가에 있던 모든 책들을 들여와 도서관의 책은 포화 상태였다. 그 많은 양을 발렌이 혼자 읽을 것도 아니고, 사람들에게 책을 보여 주는 것도 괜찮겠다 싶었다.

"만족스러워요, 어머니."

"그럼 대충 일이 해결된 것 같구나."

발렌이 벨루나 자작에게 시선을 향했다.

"벨루나 자작. 이 일에 대한 문서를 작성해 주시고, 일을 진행해 주세요."

발렌과 샤란이 의기투합을 하니 일도 순식간에 진행된다. 벨루나 자작은 순식간에 일이 진행되자 어리벙벙한 표정으로 가만히 서 있었다.

＊　　　＊　　　＊

　그 일이 있고, 이튿날 오전. 발렌이 촌장에게 이바나의
사정을 말하자, 촌장은 곧바로 마을 사람들에게 연탑에 대
한 이야기를 해 주었다. 그리고 몇 시간이 채 되지 않아 연
탑은 순식간에 사람들로 붐비게 되었다. 발렌은 발리바나
연탑이 지원자들로 북새통을 이루고 있다는 소식을 듣고
곧장 달려왔다.

　소식을 들은 대로, 정말 많은 사람들이 몰려왔다. 그리고
그 대부분이 어린아이들이었다. 이바나가 어릴 때 시작할
수록 좋기 때문에 아이 위주로 뽑을 거라고 말해 두었기 때
문이다.

　"발렌! 아니, 마이셀 백작, 잠시 와 주시겠습니까!"

　연탑 입구에 있던 발렌을 발견한 이바나가 발렌을 부른
다. 사람들이 많아 다급히 발렌에게 경어를 썼다. 그녀는
갑자기 한꺼번에 몰린 지원자들을 보고 어떻게 대처할지
모르겠다는 표정이다.

　"와, 영주님이다!"

　이바나의 외침에 아이들의 시선이 순식간에 발렌에게로
향한다. 몇몇 장난꾸러기인 아이들은 발렌에게 달려들며

매달렸다. 그에게 매달린 아이들의 부모들은 깜짝 놀라며 발렌에게 사과하기 바빴다.

발렌은 신경 쓰지 말라는 듯 웃어 보이며 자신에게 매달린 아이들을 조심스럽게 떼어 내며 인파를 뚫고 이바나에게 다가갔다.

이바나가 남들은 듣지 못할 정도로 작은 소리로 그에게 물었다.

"이게 어떻게 된 거야?"

"제가 말씀드렸잖아요. 촌장님께 마을 사람들에게 알릴 수 있도록 하겠다고."

"아니, 그래도 너무 많잖아."

발렌은 시선을 피하며 어깨를 으쓱였다. 사실 지원자가 이렇게까지 몰릴 줄은 발렌도 상상하지 못한 까닭이다.

"그렇긴 한데…… 저도 솔직히 이렇게까지 몰릴 거라 예상도 못했어요. 제가 볼 때 마을 외곽 사람들까지 모인 것 같네요."

많아도 너무 많다는 생각이 들었다. 이바나는 와 봤자 몇 명 정도로 예상하고 있었다. 아무래도 연금술사에 대한 인식이 좋지 않기 때문이다. 하지만 이런 변방 영지에서는 연금술사에 대한 인식이 없었다. 이유를 들자면 여기 사람들은 연금술사와 마법사가 뭐가 다른지 구체적으로 모르기 때문이다.

이곳 사람들에게 직업에 상관없이 1서클짜리 원소 마법이라도 사용할 수 있다면 마법사였다.

"마법…… 내 아이가 마법을 배울 수 있다니!"

"우와!"

부모는 물론 아이들도 들뜬 표정으로 웅성거린다. 이바나는 그들이 잔뜩 기대하는 표정을 보고 걱정이 들었다.

'나중에 연금술사에 대해 알고서 실망하면 어쩌지?'

후에 연금술사가 어떤 취급을 받고 있는지 느끼고, 마법사와 연금술사가 다른 부류라는 것을 알게 된다면 그 실망감이 어떨지 말이다.

부담이 더욱 커졌다. 뭔가 속이고 그들을 뽑으려는 것 같아 이바나가 가슴을 졸였다.

남들의 시선을 별로 신경 안 쓴다지만, 자신이 뽑은 제자들이 나중에 현실을 알고 자신을 비난하면 그때는 어떤 심정일까. 그것을 버틸 자신이 있을까? 모두 감수할 수 있을까 걱정하는 이바나. 그냥 이대로 포기할까 많은 갈등을 할 때였다.

"이바나 씨."

발렌의 손이 이바나의 어깨에 올려졌다. 그 행동으로 이바나가 다시 현실로 돌아올 수 있었다. 그는 진지한 표정으로 그녀를 바라보고 있었다. 그녀가 무슨 생각을 하고 있는지 다 안다는 듯한 표정이었다. 그는 곧 이바나에게 미소를 지었다.

"제게 맡겨 주실래요?"

그의 미소에 이바나가 고개를 작게 끄덕인다. 발렌은 안심하라는 듯 그녀의 어깨에서 손을 떼며 그들 앞에 서서 외쳤다.

"모두 주목! 여러분들에게 말씀드려야 할 사항이 있습니다."

발렌의 외침에 모든 이들의 시선이 발렌에게 집중되었다. 그는 주위를 훑어보더니 다시금 소리친다.

"연금술사와 마법사는 엄연히 다른 직업입니다. 연금술사는 마법사가 아닙니다. 마법사들과 똑같다는 환상을 품지 않으셨으면 좋겠습니다."

발렌의 말에 다들 귀를 기울이면서도 왜 굳이 이런 말을 하는지 모르겠다는 표정이었다.

"한 가지 사실을 말씀드리겠습니다. 영지 밖에서는 연금술사에 대한 인식이 좋지 않습니다. 몇몇 나라를 제외하면 연금술사는 천대하는 직업 중 하나입니다. 그리고 조롱의 대상이기도 하지요."

그의 말에 모두가 침묵한다. 그리고 이내 웅성거리기 시작했다. 발렌은 결코 거짓말을 하지 않았다. 진실을 말하고 있었다.

"그런 연금술사지만, 마법사인 제가 한 가지는 자신 있게 말할 수 있습니다."

모두 조용히 발렌에게 집중한다. 그가 숨을 크게 들이마시며 말을 내뱉었다.

"연금술사는 분명 나중에 마법사들을 뛰어넘는 존재가 될 것입니다. 연금술사가 되고 싶어도 되지 못하는 상황에 이를 것이라 자신 있게 말하겠습니다. 그리고 그 시작이 바로 이곳, 발리바나 연탑이 될 것입니다."

발렌은 진심이었다. 지금 연금술사에 대한 분위기가 좋지 않은 것은 사실이지만, 멀지 않은 미래에 연금술사는 지금과 전혀 다른 인식을 가진 채 사람들에게 다가갈 것이다.

이바나를 통해 연금술을 접해 보고, 세기어 왕국에서 왕국 사람들이 쓰는 마도구를 보고, 그녀의 마도구를 본 발렌은 한 가지 확신을 하고 있었다.

마법사의 시대가 가고 연금술사의 시대가 올 것이라고. 언젠가 마법보다 마도구에 의존하는 시대가 올 거라고 발렌은 진심으로 생각하고 있었다.

"발리바나 연탑에 들어오려면 마법사와 연금술사를 뚜렷이 구분하십시오. 연금술사를 마법사로 구분 짓지 마십시오. 그리고 마이셀 백작가의 이름을 걸고 다시 한번 말씀 드립니다. 언젠가 발리바나 연탑에 들어온 제자들은 가슴에 자부심을 품을 날이 오게 될 겁니다."

모두가 침묵했다. 그의 말을 모두 이해했다. 그러나 연금술사가 천대받는 직업이고, 조롱의 대상이라는 것에 망설이고 있었다.

이후 연금술사가 인정받는다는 건 불확실한 미래이며 발렌의 추측에 불과하다. 그의 말대로 연금술사의 시대가 올 수도 있고, 오지 않을 수도 있다.

몇몇 부모들은 그 말을 듣고 망설이다가 아이를 데리고 돌아갔다. 몇몇의 아이는 그래도 연금술사라는 것을 해 보고 싶다고 부모를 설득하고 있었다.

갈 사람은 가고, 남을 사람은 남았다. 거의 절반 정도 떠난 것 같았다. 모두 준비됐다는 듯이 발렌과 이바나를 바라보고 있었다.

"이들은 남을 생각인 모양이네요."

이바나가 고개를 주억이며 앞으로 한 발자국 나왔다.

"이곳에 남겠다고 하더라도 뽑을 수 있는 사람은 제한이 되어 있어요. 처음은 다섯 명만 뽑을 생각이에요."

그녀가 감당할 수 있는 사람이 몇 명일까 생각해서 나온 숫자가 다섯이었다. 다섯 명의 아이를 돌보는 게 여간 힘든 일이 아니겠지만, 그래도 이 정도면 할 만하다 생각하고 있었다.

"일단 모두 확인해 볼 테니, 순서가 되면 소매를 걷고 팔을 내밀어 줄래?"

이바나의 말에 아이들이 그녀의 앞에 줄을 섰다. 그녀는 아이들의 팔을 잡으며 확인했다. 마나의 재능이 있는지 확인하는 것이다. 그렇게 확인을 하자, 곧 몇몇의 아이들이 추려졌다. 그녀는 정확히 다섯 명을 뽑았다.

뽑히지 못한 이들은 아쉬움을 뒤로한 채 돌아가야 했다. 그러나 지금 당장은 떨어졌다고 해도 언제든 기회가 있었다. 이후로도 제자는 계속 뽑을 예정이다. 거기다 마나의 재능이 월등한 정도는 아니어도 생각보다 꽤 많은 아이들에게 재능이 있었기 때문이다. 그렇게 다섯 명의 아이들과 부모들만 남게 되었다. 이바나가 아이들에게 물었다.

"다시 한 번 묻겠는데, 정말 너희들 연탑에 들어오고 싶니?"

"예!"

"그럼 부모님들께도 물어보죠. 아이들을 정말 연탑에 보내고 싶으신가요?"

"예. 아이의 뜻이 그렇다면 보내고 싶습니다."

이바나는 고개를 끄덕이더니 혹시나 하여 물었다.

"일단 뽑기는 했는데, 너희들 혹시 글을 읽을 줄 아니?"

"아니요!"

"……."

아이들의 당당하고 우렁찬 대답에 이바나가 암담한 표정을 지으며 손으로 얼굴을 가렸다. 염려하던 일이 생겼다. 연금술은커녕 글부터 가르쳐야 하는 상황인 것이다. 그녀가 한쪽 손을 뻗어 발렌의 소매를 잡아당기고 조용히 말했다.

"내 거대한 포부가 처음부터 거대한 벽에 부딪친 것 같아."

이바나가 울상을 짓고 있었다. 그녀의 진심이 담긴 말에 발렌은 하마터면 크게 웃을 뻔했다.

"원래 시작이 어렵다고 하잖아요."

이바나는 고개를 주억였다. 그리고 곧 한곳에 놓아두었던 계약서를 아이들에게 건넸다.

"자, 계약서야. 글을 못 읽으니 대신 읽어 줘야겠지?"

"아, 그건 제가 해도 되나요? 무슨 내용인지 궁금하기도 한데."

"딱히 상관없어. 내용은 모든 계약서가 동일해."

이바나가 발렌에게 계약서를 건넸다. 계약서를 받아 든 그가 헛기침을 몇 번 하더니 곧 읽어 주었다.

"어디 보자…… 연금술사가 되면 의식주를 모두 연탑에서 제공한다고 하는군요. 일 년에 한 번씩 봉급을 받고, 액수는……."

발렌은 봉급의 액수를 보고 눈을 크게 떴다.

"5골드?!"

발렌의 눈이 휘둥그레졌다. 5골드면 1년 동안 풍족하게 살고도 남는 돈이었기 때문이다. 그의 말에 아이들의 부모들까지 화들짝 놀랐다. 발렌이 혹시나 해서 그녀를 바라보며 말했다.

"이바나 씨, 이 거금을 지급하실 수 있으세요?"

다섯 명이라고 하면 25골드다. 여기에 연탑 관리비, 각종 연구비까지 더한다면 더 많은 액수가 필요할 것이다. 이바나가 과연 그 돈을 지불할 수 있는지 궁금했다. 이비 스톤을 거래하여 일정한 양의 돈을 이바나에게 지급하고 있지만, 그래도 부족하지 않을까란 생각이 든다.

"나라에서 책정한 돈이니까 걱정하지 마. 그리고 봉급은 내가 주는 게 아니라 나라에서 주는 거고, 나는 그저 받은 걸 주기만 하는 거야."

발리바나 연탑은 나라에서 지원하는 사업 중 하나이다. 아루스 황제가 직접 내린 명이고, 엘리즈가 그것을 이어받았다. 앞으로 어떻게 커지고, 어떤 식으로 운영이 될지 모르지만, 연탑의 가치에 기대를 걸고 있었다.

"어마어마하네요."

평민 신분으로 어마어마한 액수의 봉급을 받다니. 상상도 못한 일이었다. 발렌은 계약서를 쭉 읽어 주었다. 어려운 내용들은 발렌이 어떤 뜻인지 쉽게 풀어 말해 주었다.

"면회와 휴가도 있고, 엄청난 대우와 혜택이 보장되네요. 은퇴해도 봉급을 준다니……."

은퇴해도 봉급의 60%까지 지급한다니. 엄청난 대우가 아닐 수 없었다.

"그래? 세인브리트 마탑의 마법사는 은퇴해도 80%를 주는데? 죽어도 가족들에게 30년간 봉급의 60%를 주기도 하고. 필요하면 수도에 집 한 채도 주던걸?"

"……."

역시 세인브리트 마탑. 나라에서 최고로 많은 지원을 해 주는 곳이라고는 들었는데 그렇게까지 어마어마할 줄은 몰랐다. 엄청난 인재들이 모여 있는 만큼 대우와 혜택은 그 어떤 곳도 따라올 수 없는 모양이다.

발렌이 이어서 계약서의 내용을 전부 말해 주자, 아이들의 부모들은 자신이 제대로 들은 게 맞느냐는 듯한 표정으로 뺨을 꼬집고 있었다. 그러나 그 아픔은 현실임을 말해 주고 있었다.

이바나는 깃펜에 잉크를 찍고 한 아이에게 건넸다.

"자, 이곳에 이름을 쓰면 된단다."

이바나가 서명란을 손가락으로 가리킨다. 아이는 깃펜을 아무렇게나 쥐며 말했다.

"저 글 쓸 줄 모르는데요? 혹시 제 이름조차 글로 못 쓰면 못 뽑나요?"

아이가 살짝 불안해한다. 그러나 이바나는 걱정할 것 없다는 듯 웃었다.

"대충 아무렇게나 써도 된단다."

아이가 그제야 환하게 웃었다. 아이들이 차례차례 서명을 하기 시작했다. 누구는 대충 줄만 긋고, 누구는 어디서 본 글씨를 아무렇게나 적고, 누구는 그림을 그리기도 했다. 대충 각자 성격이 나오는 것 같았다. 서명을 마치자, 이바나가 마지막으로 인장을 찍었다. 이제부터 이 아이들은 발리바나 연탑의 연금술사였다.

"발리바나 연탑의 연금술사가 된 것을 환영한다. 이제부터 너희들은 나를 스승님이라고 부르도록 하렴."

"예, 스승님!"

아이들이 활기차게 대답하자, 이바나가 만족한 표정을 지었다. 그리고 옆에 놔두었던 상자를 열더니 안에 들어있던 것을 꺼내 그들에게 건넸다. 그녀가 건넨 것은 옷과 로

브였다. 모두 색상이 통일되어 있었다. 그 외에도 여러 가지 물품을 건네주었다.

"너희들이 정식으로 발리바나 연탑의 연금술사가 되었다는 뜻이란다. 오늘은 쉬고, 내일부터 본격적으로 연금술에 대해 알려 주도록 하마."

마음 같아서는 자신의 첫 제자를 맞이한 기념으로 성대한 파티라도 열고 싶지만, 그럴 만한 여건이 되지 않아 참아야 했다. 일정이 빠듯하기 때문이다. 가장 먼저 알려 줘야 할 게 글이니 빨리하지 않으면 그만큼 고생하는 기간이 늘어날 게 뻔하다.

훌쩍!

이제 슬슬 헤어질 때가 되었다고 생각해서일까. 아이들과 부모들이 눈물을 짓고 있었다. 언제든 와서 만날 수 있지만, 그래도 집을 떠난다는 것에 눈물이 나는 걸까? 이바나가 자신의 제자들을 바라보며 내일부터 어떤 걸 가르칠지 고민하다가, 문득 생각났다는 듯 말했다.

"참, 여기서 일할 직원도 뽑아야 하는데…… 혹시 주방일, 청소 같은 일을 하실 분 계신가요?"

"예?"

"봉급은 해마다 3골드 정도로 측정되어 있습니다. 물론 아이들만큼 좋은 대우는 받을 수 없겠지만, 자유롭게 연탑을 출입하면서 일을 할 수 있죠.”

3골드면 1년 생활하는 데 풍족하지 않더라도 무난한 정
도였다. 아니, 아이가 받는 봉급을 생각하면 오히려 풍족해
질지도 모르겠다. 의식주가 해결된다면 아이들이 쓰는 돈
은 그렇게 많지 않을 테니 말이다. 돈도 벌면서 아이들까지
가까이서 볼 수 있다니!

거기다 이들은 마을 외곽에서 사는 이들이다. 주로 사냥
을 하거나 일거리를 받아 하루하루 생계를 연명하는 이들
이란 소리다.

위험한 일도 아니고, 봉급도 더 많이 받을 수 있다는 것
에 모두의 눈이 초롱초롱해졌다.

“제가 젊을 적 식당을 차린 적이 있습니다. 주방일이라
면 제게 맡겨 주십시오! 맛있는 음식을 아이들에게 차려 주
도록 하겠습니다.”

“혹시 힘쓰는 일이 필요하지 않으십니까? 비록 오래전
몬스터에게 한쪽 팔을 잃었지만, 용병으로 뛰었기에 힘 하
나는 장사입니다.”

“저도 청소라면 자신이 있습니다!”

다들 하겠다고 손을 들었다. 이바나는 그들을 보며 고개
를 주억였다.

이바나는 따로 계약서를 작성해야 하니 모두를 연탑 안

으로 들였다. 본의 아니게 가족들 모두가 발리바나 연탑에서 일하게 되었다.

가족들은 출근하는 거리가 좀 멀겠지만, 그래도 아이들을 매일 보면서 일도 할 수 있을 테니 그들도 만족하는 듯싶었다.

Chapter 02

원정

　바올라 제국이 메이어 신성 제국에 선전포고를
하면서 엘리즈 황제는 직접 군을 이끌고 원정에 나
서기로 결정했다. 엘리즈 황제는 전장에 참전해서
자신의 손으로 아덴 공작을 단죄하겠다고 공표하
였지만, 현재의 학자들은 황권을 더욱 공고히 하
며 두 파로 갈린 귀족들을 단결시키기 위한 목적이
아닐까 추측 중이다. 바올라 제국은 서부 변방 영
지부터 차출된 병력으로 하여금 수도에 집결해 총
50만에 가까운 병력을 이끌고 원정을 떠났으며 이
동 중에 많은 영주들이 합류하면서 70만의 병력이

모였다고 기록되어 있다. 이는 당시 바올라 제국
인구수로 따지면 네 개 도시 규모가 움직인 것이나
다름이 없다.

─『천년 제국 바올라 2부』100p─

*　　　*　　　*

남바른 공작령. 수많은 병력들이 길을 따라 동쪽으로 이
동하는 중이다. 병력의 수가 얼마나 많은지, 그 대열이 끊
이지 않을 정도였다. 간혹 좁은 길을 통과할 때면 정체가
일어날 정도다.

"이제야 남바른 공작령을 통과했군요."

엘리즈는 새삼 바올라 제국의 영토가 얼마나 큰지 실감
한다. 이제 출발한 지 일주일 정도인데 벌써부터 지치는 느
낌이다. 워낙 병력이 많아 나눠서 이동하고 있지만, 도착하
려면 꽤 많은 시일이 걸릴 게 뻔했다.

"플레드 보좌관. 제이메드 왕국에서는 아직도 국경 통과
를 승낙하지 않고 있나요?"

엘리즈는 옆에 있는 플레드 보좌관을 바라보았다. 그녀
가 황녀였을 때부터 시종이었던 자이며 전장 속에서 그녀
를 지킬 새로운 보좌관이었다. 마셀은 황성에 머무르며 엘

리즈가 해야 할 업무를 보기로 했다. 황제의 부재를 최대한 메울 수 있게끔 믿을 수 있는 자를 대리인으로 맡긴 것이다.

"예, 황제 폐하. 제이메드 왕국에서는 병력의 통과를 거절했습니다."

제이메드 왕국은 중앙에 위치한 국가 중 하나다. 바올라 제국과 메이어 신성 제국, 그 둘 중 누구의 편도 아닌 중립국이다. 중앙을 통해 이동하면 지금보다 시간을 더 단축시킬 수 있을 것이다. 동쪽 끝으로 이동해서 남쪽으로 이동하고, 그 후에는 서쪽으로 방향을 틀어야 하니 얼마나 돌아서 가는 것이란 말인가.

"우리의 조건을 그들에게 건넸나요?"

제이메드 왕국이 결코 쉽게 병사들을 통과시켜 줄 거라 생각하지는 않아 여러 조건을 걸어 협상하려고 했다.

"예, 하지만 제이메드 국왕은 조건은 좋으나, 자신의 국가 신념을 절대 저버릴 수 없다며 사신단의 요구를 거절하였다고 합니다."

들어줄 거란 기대는 별로 하지 않았지만, 실망감은 어쩔 수 없었다. 전쟁이 길어지면 길어질수록 좋지 않다.

'메이어 신성 제국에 도착할 즈음에는 겨울이겠네.'

이제 추수철이 끝났고, 마이셀 백작령에 도착할 때쯤이

면 11월 말에서 12월 초 정도 될 것이다. 다행히 마이셀 백작령이 있는 곳은 비교적 따뜻한 곳이기에 겨울에 눈이 잘 내리지 않았다. 전쟁도 시기에 맞춰서 해야 하는 법이지만, 따뜻한 지역에서 우선적으로 전투가 벌어지니 당장 출정한 것이기도 했다.

"이 전쟁은 길게 가지 않을 겁니다. 우리의 목적은 아덴 공작을 단죄하는 것이지 않습니까. 아덴 공작의 힘이 결코 만만치 않다 하지만, 우리가 그를 잡아 직접 단죄한다면 메이어 신성 제국도 어쩌지 못하고, 협상창으로 나올 것입니다."

그 말을 한 것은 남바른 공작이었다. 남바른 공작도 이번 전쟁에 참전하기로 결정했다. 그의 옆에는 후계자인 베세르도 함께 있었다. 타국과의 전쟁은 결코 쉽게 벌어지지 않는 법. 이번 기회에 공적보다 경험을 통해 한 단계 성장시키기 위해 베세르까지 데리고 온 것이다. 엘리즈는 그에게 물었다.

"남바른 공작. 정말 그들이 쉽게 협상장으로 나올까요?"

"나오기 싫어도 나올 수밖에 없을 겁니다. 그들은 아국의 힘을 과소평가하여 무시하고 있을 뿐, 그 힘을 목격한다면 자신들이 틀렸다는 걸 깨닫게 될 겁니다."

남바른 공작은 자신만만했다. 이번 일은 그들의 중대한

실수라는 걸 뼈저리게 느끼게 할 거라고 자신만만하게 소리쳤다. 그는 전대 마탑주와 앙숙같이 지내기는 했지만, 그의 죽음은 남바른 공작도 진심으로 비통해했다.

가문의 차원에서는 앙숙이지만, 국가적인 차원에서는 뼈아픈 손실이었다. 또한 남바른 공작은 전대 탑주를 나름대로 존중하고, 배울 점이 많은 이로 생각하고 있었다. 그런데 타국의 사신이, 그것도 황제 대리인으로 온 이가 타국에서 열리는 축제에서 참사를 일으켰다. 결코 가만히 놔둘 일이 아니다.

"게다가 우리 측 병사들도 그 소식을 듣고 메이어 신성 제국 놈들과 싸우고 싶어 합니다. 사기도 충분하고, 전투 의지도 충분합니다. 아국은 이 전쟁에서 승리해 대륙의 패권이 누구에게 있는지 알리게 될 겁니다."

엘리즈는 고개를 끄덕였다.

＊　　　＊　　　＊

그로부터 약 두 달이 지난 발리바나 연탑.

이바나는 새로 들어온 제자들에게 글을 가르치고 있었다. 연금술을 배우기 위해서는 일단 글부터 알아야 했다.

그래도 다행이라면 아이들이 이바나의 수업을 잘 따라오

고 있다는 것이다. 글공부를 가르쳐 본 적이 없는 이바나지만, 아이들의 이해력이 좋은 덕분에 쉽게 진도를 나갈 수 있었다. 무엇보다 발렌이 찾아와서 이바나 대신 아이들을 가르치기도 했다. 지금처럼 말이다.

"모두 잘하는구나."

발렌의 칭찬에 아이들의 얼굴에 웃음이 만개했다. 칭찬은 고래도 춤추게 한다고 하던가. 발렌의 칭찬에 아이들이 더욱 정진하는 모습을 보였다. 그렇게 일주일 정도 되니 다들 천천히 하면 글을 읽을 수 있게 되었고, 지금에 이르러서는 아주 익숙하게 책을 읽고, 자신의 생각을 글로 쓸 수 있었다. 이제 며칠 후면 연금술 수업을 본격적으로 진행할 수 있을 것이다.

이바나는 자신이 가르치면서 부족한 것을 보완하기 위해 발렌이 아이들을 어떻게 가르치는지 옆에서 지켜보고 있었다. 발렌은 아이들이 조금만 잘해도 칭찬 일색이었고, 틀려도 격려를 아끼지 않았다. 그 덕분인지 아이들은 빠르게 글을 배웠다. 원래부터 글을 배우고 싶어 했는데, 칭찬까지 더해지니 빠르게 익히는 것이다.

두 시간 정도 아이들에게 글을 가르친 발렌. 그가 교재를 덮었다.

"그럼 오늘 수업은 여기까지. 모두 고생했어."

"고생하셨습니다, 영주님!"

아이들이 인사하며 밖으로 나가 식당으로 향했다. 이제 슬슬 점심시간이었다. 이바나는 발렌에게 다가왔다.

"고마워. 덕분에 한시름 놨어."

"이 정도로 뭘요."

발렌은 별것 아니라는 듯 말하며 교재를 정리했다.

"오늘도 식사하고 갈 거지?"

"예."

"그럼 대충 정리하고 우리도 식당으로 가자."

발렌이 고개를 주억이며 서둘러 교재를 정리했다. 그리고 이바나와 함께 식당으로 내려갔다. 식당으로 내려오자 이미 아이들과 부모들은 자리에 앉은 채 그들을 기다리고 있었다. 발렌과 이바나의 자리에도 음식들이 놓인 접시가 있었다. 발렌과 이바나가 먼저 식기를 들었다. 발렌이 그들에게 말했다.

"자, 그럼 식사를 하도록 하죠."

발렌의 허락이 떨어지자 식사를 시작했다. 자신들이 없어도 먼저 식사를 하라고 했지만, 영주님과 같이 식사를 하는데 그럴 수 없다면서 완고하게 뜻을 고집하여 어쩔 수 없이 시작된 일이다. 발렌이 영지민들과 허례허식 없이 지낸다 해도 그들은 최소한의 예의를 지키려 하고 있었다.

그렇게 간단한 점심 식사를 마치고, 잠시 쉬는 시간을 가질 수 있었다. 아이들이 발렌에게 다가왔다. 그중 가장 앞에 선 것은 아일다라고 하는 여자아이. 아일다가 우물쭈물하고 있었다. 이곳에 뽑힌 아이들은 대부분 호기심이 많은 편이다. 그리고 아일다는 그중에서도 호기심이 가장 왕성했다. 이번에도 뭔가 궁금한 게 생겨 물어보려는 것이라 생각했다.

　"왜 그러니, 아일다?"

　"영주님께서 전에 연금술사하고 마법사하고 다르다고 말씀하셨는데, 뭐가 다른 건가요?"

　"아, 그게 궁금했던 거구나. 음……."

　뭐라고 설명해야 할까. 글공부를 먼저 하느라 연금술에 대해 아무것도 모르는 아이들. 마법은 익히 들었어도 연금술에 대해서는 아예 모르니 어떤 식으로 답해 줘야 이해할지 더 난감했다.

　"연금술도 마법에 기초하는 작업이다 보니 비슷하지. 실제로 간단한 마법을 알려 줄 거기도 하고."

　"우와!"

　"물론 너희의 스승님이 마법을 알려 주실 거란다. 필요하다면 나도 너희들을 가르칠 생각이고."

　마법을 배울 수 있다는 말에 아이들의 초롱초롱 빛나는

눈빛이 이바나에게로 쏟아졌다. 그녀는 부담스러웠는지 시
선을 피하려고 했다. 그러나 고개를 돌리지 않고 억지로 웃
으며 그 눈빛을 바라보았다. 발렌은 미소를 지었다.

"그리고 마법사와 연금술사의 차이점이라면 마법사는
마법을 심도 깊게 연구하지만, 연금술사는 그 마법으로 실
용적인 도구를 만든다. 상처를 치유해 주는 포션 같은 거
지. 상처를 치유하는 포션은 마법사들도 만들지만, 연금술
사는 좀 더 다양한 포션을 만든단다."

"무슨 포션을 만드는데요?"

"음…… 빛이 터져 나와 일순간 적의 눈을 멀게 만든다
거나, 냄새를 맡으면 잠을 자게 만들 수 있는 등 다양한 기
능의 포션을 만들 수 있지."

이바나가 만든 포션은 많이 봤지만 그 두 개가 가장 기억
에 남았다. 그것을 말해 주자, 아이들의 표정이 변했다.

"에이~"

아이들이 그런 걸 어디에 쓰느냐는 듯한 표정으로 발렌
을 바라본다. 발렌은 대충 이런 반응이 나올 줄 알았다는
듯 웃었다.

"원래 이 세상에 필요 없는 건 없단다. 실제로 그중 한
개는 전투에서 큰 역할을 해 주었으니까. 너희 스승님이 만
들 발명품 중 하나로 말이지."

"아, 영주님께서 흑마법사와 리치를 소탕할 때의 얘기를 들었어요! 그 얘기죠?"

"정말? 영주님, 정말 흑마법사와 리치를 잡았어요?"

아이들이 발렌을 호기심 어린 표정으로 바라보았다. 흑마법사는 현실에 존재하는 악마 그 자체이다. 그 때문에 가끔 흑마법사를 잡는 자가 생기면 그 무용담이 널리 알려지기도 한다. 발렌에 대한 얘기도 마찬가지였다. 흑마법사들을 저지하고, 리치까지 소탕하는 데 크게 일조하면서 소문이 퍼졌는데, 그게 이 영지에도 알려진 모양이다. 발렌은 딱히 타인에게 자신이 뭔가를 해냈다는 것을 말한 적은 없었다. 아마 이 사실을 아는 누군가가 알렸을 거라는 생각이들었다.

"그래. 너희 스승님의 물품 덕분에 어려운 전투에서 이길 수 있었단다. 아마 섬광액이 없었다면 더 힘들었겠지."

그녀가 만든 실험품 중 충격을 가하면 빛을 터트리는 용액이 있다. 그것이 바로 섬광액이다. 사실 이바나도 의도한건 아니지만, 소량 포함되어 있는 성수가 완전히 정제되지 않은 덕분에 흑마법사와 언데드들을 소탕하는데 크게 한몫을 할 수 있었다. 그 일이 있고 나서 알테미아교와 그녀 사이에 섬광액의 거래가 이루어졌다고 한다.

몰라서 그렇지, 분명 이바나는 이비 스톤과 섬광액만으

로 막대한 돈을 벌고 있지 않을까 하고 발렌은 추측했다.

"너희들도 열심히 하면 스승님처럼 될 수 있단다. 분명 더욱 좋은 마도구를 만들 거라고 영주님은 기대하고 있어."

발렌이 미소를 지으며 아이들의 머리를 쓰다듬었다. 한 아이가 소리쳤다.

"전 뭘 만드는 걸 좋아해요! 얼마 전에 제 스스로 나무칼도 만들었는걸요!"

연금술사가 만드는 마도구가 나무칼을 만들 듯 뚝딱 만들 수 있는 게 아니지만, 그 얘기는 굳이 하지 않았다. 나중에 차차 이게 얼마나 복잡하고 힘든 일인지 알게 될 사항이니까. 벌써부터 그 환상을 깨부수고 싶지는 않았다. 발렌은 열심히 하라는 듯 아이들을 격려해 주었다.

"영주님, 마덴 자작이 부르고 있습니다. 나와 보셔야 할 것 같습니다."

발리바나 연탑 외부를 지키는 경계병이 찾아왔다. 발렌이 물었다.

"무슨 일이죠?"

"저도 잘 모르겠습니다. 마덴 자작이 영주님께서 서둘러 나와 보셔야 한다면서……."

발렌이 알겠다는 듯 고개를 주억이며 자리에서 일어났

다. 발리바나 연탑 밖으로 나오니 마덴 자작만 아니라 엔더크 자작도 함께 있었다.

"영주님!"

"무슨 일이신데 저를 급하게 찾으시는 건가요?"

"오셨습니다!"

앞뒤 설명 없이 왔다는 말에 발렌은 고개를 갸우뚱거렸다.

"누가 왔다는 건데요?"

"황제 폐하께서 마이셀 백작령에 도착하셨습니다!"

발렌의 눈이 커졌다. 벌써 두 달. 메이어 신성 제국과의 전쟁을 위해 출정을 나선 병력이 드디어 마이셀 백작령에 당도한 것이다.

"어서 가도록 하죠! 참, 이바나 씨를 데리고 올 테니까 잠시만 기다려 주세요."

"예!"

마덴 자작과 엔더크 자작이 미리 준비한 말을 잠시 동안 대기시켜 두었다. 발렌은 이바나를 부르기 위해 다시 발리바나 연탑 안으로 들어갔다.

* * *

황군이 도착했다는 소식에 발렌은 이바나를 데리고 저택으로 향했다. 저택으로 향하니, 근위 기사들이 저택 주위를 에워싼 채 철저하게 경계를 서고 있었다. 발렌이 저택으로 들어와 접객실에 오자, 미리 인사를 나누고 있던 엘리즈와 샤란을 볼 수 있었다.

"황제 폐하."

발렌과 이바나가 엘리즈에게 정중히 인사를 한다. 접객실에는 엘리즈와 샤란만 있는 것이 아니라 다른 이들도 있었다. 황실 마법사 소속의 마법 병단장, 테아블과 레딘 그리고 남바른 공작도 있었다. 레딘까지만 있었다면 괜찮았겠지만, 테아블과 남바른 공작이 있는 상황에서는 친구처럼 반말을 할 수 없는 것이다.

발렌과 이바나는 레딘과 눈짓으로 인사를 했다. 엘리즈가 미소로 그들을 환영했다.

"오랜만입니다, 마이셀 백작, 연탑주."

이바나의 호칭은 연탑주로 정정되어 있었다. 발렌과 이바나는 다시 한번 정중히 인사하며 자리에 앉았다.

이바나가 의아하다는 듯 엘리즈에게 물었다.

"직접 병력을 이끌고 오신다는 말을 듣고 놀랐습니다."

"아국에서 중대한 참상을 벌인 이를 처단하기 위해 직접 출병을 결심한 것입니다. 제 친우인 마이셀 백작은 아덴 공

작에게 죽을 뻔했고, 제 스승님인 전대 탑주님은 그의 칼에
맞고 전사하셨습니다. 그 죄는 결코 가벼이 넘길 수 없습니
다."

아덴 공작을 직접 대면하여 그의 죗값을 치르게 하겠다
는 의지였다. 발렌과 이바나는 그녀의 결정을 존중해 주었
다. 이바나는 고맙다는 듯한 눈빛으로 엘리즈를 바라보았
다. 전대 마탑주에 대한 복수도 있지만 바올라 제국의 명예
와 자존심을 건드렸으니 곱게 넘어갈 수 없는 것이다. 그
래도 엘리즈는 그동안 전쟁보다 정치적으로 해결하려고 했
다. 메이어 신성 제국이 그것을 받아들이지 않아서 선전포
고를 한 것뿐이다.

"한데 마이셀 백작과 연탑주는 어디에 계셨습니까?"

샤란이 엘리즈를 먼저 만나 대화를 나누고 있었지만, 그
가 어디 있는지에 대해서는 말하지 않은 모양이다. 발렌이
대답했다.

"최근 미스 엘로이가 새로 들어온 발리바나 연탑의 제자
들을 키우고 있어 제가 도움을 주고 있습니다. 아이들의 글
선생이 되어 주고 있습니다."

"그렇군요. 그런데…… 발리바나?"

엘리즈는 문득 생각한다. 그녀도 발렌과 이바나의 이름
을 합쳐서 부르는 것이 아닐까 하는 생각을 가지고 있는 게

분명하다. 엘리즈는 발렌과 이바나를 번갈아 보다가 곧 설마 그럴 리가 있느냐는 듯 피식 웃었다.

'이름을 짓다가 우연히 겹쳐졌겠지.'

"그렇군요. 발리바나 연탑. 괜찮은 것 같습니다."

엘리즈도 괜찮은 이름이라고 생각했다. 어감도 그렇고, 부르기도 편하고. 부드럽게 다가갈 수 있는 이름이었다.

"마이셀 백작은 최근 바쁜 모양이군요. 영지에 요양을 하러 왔는데, 영지의 일을 돌보고 있으니까요."

"처음에는 요양을 위해 온 거지만, 아국과 메이어 신성 제국의 전쟁이 시작되지 않았습니까. 도서관의 일도 중요하지만, 영지의 일이 우선이라고 생각하고 있습니다."

한 명의 영주가 되었으니, 지금처럼 초긴장 상태에서는 영지의 일이 우선이다. 그것이 영주가 가진 의무이자 권리이다.

"그렇군요. 미세스 마이셀에게 듣기로는 최근 마이셀 백작께서 많은 일을 하고 계시다고 들었습니다. 무엇을 하고 계셨지요?"

"최근에 진행하는 일이라면 영지민들에게 글을 가르치려고 준비 중입니다. 지금은 천막만 지어졌을 뿐이지만, 자금이 충분히 확보되면 영지민들에게 글을 가르칠 학교를 지을 생각입니다."

발렌의 말에 엘리즈만이 아니라 레딘, 테아블, 남바른 공작까지 깜짝 놀란 표정으로 그를 바라보았다. 귀족들을 가르치기 위해서가 아닌 평범한 영지민들을 가르치기 위해 학교를 짓겠다니. 모든 나라가 그렇듯 평민들을 위한 학교를 세운 곳은 단 한 국가도 없었다.

"영지민들에게요?"

"예. 글을 알게 되면 그만큼 똑똑해지고, 사기를 당할 확률도 줄어들 테니까요. 무엇보다 부당한 일을 당해 제게 알리고 싶을 때 언제든 서신으로 알릴 수 있지 않겠습니까."

서신으로 보낸다면 발렌이 없어도 언제든 그것을 확인해 일을 해결해 줄 수 있다. 발렌은 영지민들이 조금 더 윤택하게 살 수 있도록 생각하고 있는 것이다. 여느 영주들과 완전히 딴판이었다.

날 때부터 귀족인 사람과 아닌 사람의 차이가 여기서 명백히 가려지는 것이기도 했다. 엘리즈는 미소를 지었다.

"마이셀 백작은 대단하시군요. 영지민의 한 명 한 명의 목소리에 귀를 기울여 주시다니."

여느 영주들과는 다르다고 볼 수 있었다. 영지민들의 요구를 깔끔히 무시하고, 자신의 부와 명예를 좇는 영주들이 대다수이다. 그러나 발렌은 자신에게 돌아올 이익보다 영지민들을 보살피는 일을 우선시했다.

"영주로서 당연히 해야 할 일이 아닙니까."

발렌은 당연한 일을 하는 것이지 않느냐는 듯 말하고 있었다. 그의 말이 맞다. 영주의 의무는 영지민을 보호하고, 또한 그들의 재산과 생명을 지키는 것이다. 그러나 대대수의 영주들은 그게 아니라는 게 문제다.

자신의 이익만을 보고, 영지민은 자신의 배를 채워 주는 자들이라 생각하기 때문이다. 때문에 기아와 역병이 만연해도 잘 해결하려 들지 않는 영주도 심심찮게 찾아볼 수 있었다.

"나중에는 마을끼리 편히 오갈 수 있도록 길도 닦을 생각입니다. 세인브리트와 달리 이곳은 촌이다 보니 제대로 닦여진 길이 적어 꽤 불편합니다."

길을 닦아 놓으면 사람들의 이동이 편해진다. 그리고 이동이 편해지면 자연스럽게 오가는 시간이 빨라지고, 무역상들이 더 많이 길을 이용하게 된다는 뜻이다. 안 그래도 발렌의 영지에 무역도시가 있으니 무역상들이 자주 올 일이 많다. 발렌은 거기까지 생각하지 못한 듯싶었지만, 영지의 발전에 더욱 도움이 되고 분명 이익도 생길 것이다.

'그런데 학교라…….'

엘리즈는 발렌의 생각에 깊이 고민했다. 엘리즈는 지금 발렌이 시행하려는 일에서 가능성을 보았다. 괜찮은 것 같았다. 글을 읽고 쓰면 많은 지식을 배울 수 있고, 그로 인해 인재들을 발굴해 낼 수 있다. 엘리즈도 이 전쟁이 끝나면 발렌이 하는 대로 국가 차원에서 평민들을 위해 운영하는 학교를 짓는 게 어떨까 생각했다.

'귀족들의 반발이 심할 것 같긴 하지만……'

지식을 갈구하고 배움을 받는 것이 귀족의 특권이라 생각하는 게 보통이다. 귀족들의 반발이 보통 심한 것이 아닐 것이라 내다보았다. 당장 이야기를 들은 테아블만 해도 마음에 안 든다는 표정을 감추지 않았다. 대부분의 귀족이 아마 그처럼 생각할 것이다.

그렇게 오랜만에 만나 잡다한 대화를 나누다 전쟁에 관한 내용으로 넘어갔다.

"현재 아국의 모든 영주들이 메이어 신성 제국을 단죄하고자 많은 병력을 보냈네. 직접 참전한 영주도 있지만, 사정상 불가한 자는 대리인을 보내기도 했지."

발렌이 말을 꺼낸 테아블에게 시선을 집중한다. 너도 메이어 신성 제국과의 전쟁을 위해 병력을 보태라는 말이다.

"그대 영지에서는 1,000명이면 충분할 것 같군. 그대의 영지에는 신무기가 있으니 더 많은 보탬이 될 것이야."

명예 내전 당시 참전한 테아블은 신무기의 위력을 바로 눈앞에서 목격한 이 중 한 명이다. 일반 병사가 파괴적인 무기를 들고 다니며 전장의 사기를 좌우시킨 그 일은 아직도 잊을 수 없는 광경이다. 그들을 적극 운용하면 전쟁이 더 쉬워질 것이라 생각하고 있는 것이다. 그러나 발렌은 고개를 저었다.

"죄송하지만, 현재 제 영지는 1,000명의 병사들을 보탤 여력이 없습니다."

"그대의 영지에 5,000명이 넘는 병력이 있다는 것으로 알고 있네만?"

5,000명이면 충분하니 보태라는 의미다. 그러나 발렌은 단호했다.

"그 5,000명 중 대다수가 센티스 백작가의 병력입니다. 원래 제 영지에는 1,000명이 조금 넘는 숫자가 있었습니다. 마이셀 백작가는 아직 그들을 제대로 규합하지 못해 반발이 있는 상황입니다. 그들과 함께 갔다간 차질이 빚어질 수도 있습니다."

"허, 그대는 자신의 영지만을 위해 대업에 참여하지 않겠다는 것인가? 그대의 영지 바로 옆에 붙어 있는 것이 메이어 신성 제국이네. 그대가 자신의 영지를 보전하기 위해서 가장 먼저 나서는 것이 응당 마땅한 일이지 않은가!"

"마땅히 저도 참전해야 할 일이나, 오히려 아군을 더 위태롭게 만드는 행위이니 이러는 겁니다."

테아블이 기가 막힌다는 표정과 함께 이해할 수 없다는 듯이 그를 바라본다. 테아블도 그렇지만, 발렌도 절대 물러나지 않는 듯싶었다. 테아블은 명령을 듣지 않는 자는 강경하게 대처하면 그만이라는 입장이고, 발렌은 그렇게 한다고 해도 절대 해결될 수 없는 게 있다는 입장이다. 서로 의견이 대립하니 불똥을 튀기며 서로를 노려보았다.

"귀족이 되었으면 자신의 가문의 명예를 위해 싸우는 것이 보통이 아닌가? 혹 아직도 그대는 귀족의 상식을 제대로 모르는 것인가?"

"그것을 모를 리 있습니까. 평민이라 하더라도 귀족에게 있어 명예가 가장 중요하다는 걸 모르는 자는 없습니다. 하오나 저는 아군에게 큰 방해가 될 것을 염려해 참전하지 않겠다 말씀드리는 겁니다."

"그대의 병사들은 만 명이 넘는 병력을 상대로 이기지 않았는가."

"그건 아루스 황제 폐하께서 직접 지휘한 것이지 않습니까. 개개인이 뛰어난 전사라 하더라도 지휘관의 역량에 따라 또 달라질 수 있는 게 전쟁입니다. 보통 사람들이라면 그와 같은 일을 절대 해내지 못할 일이지요."

고작 50명이 조금 넘는 인원이 며칠간 수차례 몰려드는 적들의 공격을 막고, 또 안전하게 후퇴하는 과정에서 더 많은 피해를 입히기도 했다.

마이셀 백작가의 병사들의 개개인이 뛰어난 전사라는 것
도 크게 한몫을 했지만, 아루스가 그만큼 뛰어난 작전을 펼
친 덕분이다. 힘이 세다고 무조건 전투에서 이기는 것이 아
니다. 그것은 전장의 한 요소일 뿐이다. 힘이 세다고 무조
건 전쟁에서 이길 수 있다면 몬스터들이 이 세계를 지배하
고 있었을 것이다.

"그 말은, 황제 폐하의 지휘 능력을 의심한다는 얘기인
가?"

"그런 뜻이 아닙니다. 가장 가까이에서 있던 제가 황제
폐하의 능력을 의심할 것 같습니까? 지휘의 문제가 아니라
제 병사들의 문제입니다. 제 말을 따르는 자들로만 선출한
다고 하면 1,000명은 가능하겠으나, 나중에 4,000명이 불
만을 터트리면 그들을 제지할 방법이 완전히 사라지게 됩
니다."

"그만!"

서로의 입장 차이가 명백한 지금, 도저히 결론이 날 것
같지 않다고 생각한 엘리즈가 그들을 제지했다. 발렌과 테
아블이 즉시 입을 다물고 그녀에게 시선을 집중한다.

"좋아요. 마이셀 백작은 영지를 방어하는 데 중점을 두
도록 하세요."

"황제 폐하!"

"하지만 테아블 병단장의 말도 일리가 있어요. 마이셀 백작가에 있는 신무기와 병력은 전장에서 중요한 역할을 할 거라 생각해요. 첩보에 따르면 메이어 신성 제국은 그 신무기를 각별히 조심하고 있다고 해요. 마이셀 백작이 여유를 두고 병력을 지원할 수 있는 숫자는 얼마나 되지요?"

발렌이 잠시 생각에 잠겼다. 1,000명이면 보낼 수 없지만, 최대한 지원할 수 있는 만큼의 숫자면 얘기가 다르다.

"100명이면 될 것 같습니다. 그 숫자면 절 따르는 병력들로 보내도 충분히 여유가 있습니다."

"100명? 지금 장난하자는 것이……."

테아블이 소리치려고 하자, 엘리즈가 그를 막아섰다. 그러더니 고개를 끄덕였다.

"예, 그렇다면 마이셀 백작가에서는 100명의 병력을 지원해 주도록 하세요."

"황제 폐하?!"

테아블이 화들짝 놀라며 고개를 획 돌려 그녀를 바라보았다. 설마 그녀가 승낙할 줄은 몰랐기 때문이다.

"테아블 병단장, 그의 사정을 이해해 주도록 하죠. 최근에 영지가 부활하고, 이제 막 센티스 백작가의 영지를 소유하게 되었습니다. 센티스 백작가에 충성하던 병사들이 마이셀 백작을 따라야 하는 지금 상황에 불만이 있는 것도 충분히 이해가 갑니다. 여기에 타국에 출정하게 된다면 그 불만은 더욱 커져 제대로 작전을 이행하지 못할지도 모릅니다."

엘리즈도 발렌의 상황을 이해해 주었다. 1,000명이란 병력을 일제히 뺀다면 당연히 그 대다수가 센티스 백작가의 병사들로 차출될 수밖에 없었다. 자신들이 죽으러 가는 것과 다름이 없는데 과연 그들이 따를 수 있을까? 절대 따르지 않을 거라 보았다.

"숫자는 고작 100명이지만, 전대 황제인 아루스 황제 폐하께서 인정한 이들입니다. 그들은 무투기와 마나만 익히지 않았을 뿐이지, 실전으로 다져진 숙련가입니다. 기사들보다 더 잘 싸울 거라고 저는 자신 있게 대답하겠습니다."

"······."

테아블이 침묵했다. 내전에서 아루스와 격돌한 테아블. 그리고 그 소리를 아루스에게 직접 들은 사람이 그였다. 또한 그들의 용맹함과 전투력은 직접 눈으로 목격했다. 아루스의 전략 전술이 제대로 먹혀들어 가벨 황제측이 공황 상태였다고 하지만 그들의 전투력은 보통이 아니었다. 숫자가 적다고 결코 만만찮게 볼 이들이 아니라는 걸 테아블도 그때 느꼈다.

"후우. 좋지 않은 기억이 떠올랐군."

그때 포로로 잡혔던 기억이 떠오르자 한숨이 나왔다. 아루스를 적으로 만났으니 어쩔 수 없었다지만, 당시의 일은 꽤 충격이었다. 설마 제대로 싸워 보지도 못하고 포로 신세가 될 줄은 상상도 못했으니 말이다.

테아블도 이제 더는 따질 생각이 없는 것 같자, 엘리즈가 다시금 입을 열었다.

"그럼 마이셀 백작은 어떻게 하시겠습니까? 직접 전투에 가담하시겠습니까, 아니면 다른 이를 보내겠습니까?"

영주 본인이 가는 경우도 있지만, 대리인이나 후계자를 보내는 경우도 있었다. 본인이 아니어도 자기 가문의 사람이 공을 세우면 명예가 높아지기 때문이다. 그러나 발렌은 가고 싶어도 가지 못하는 상황이다. 아직 영지 내부의 일로도 바쁘다.

"저를 대신할 자를 보낼 생각입니다."

"누구를 보내시려는 거죠?"

"마덴 자작입니다. 황제 폐하께서도 아시겠지만, 현재 제 휘하의 기사 중 한 명이며 기사단장입니다. 그는 영주였을 때부터 센티스 백작가와의 영지전에서 큰 활약을 했고, 제 휘하에 있을 때도 탁월한 지휘 능력을 보였습니다."

발렌은 센티스 백작을 좋지 않게 보지만, 사람을 판단하는 데 있어 뛰어나다는 것을 인정하고 있었다. 센티스 백작은 마덴 자작의 능력을 높이 평가했으며 자신에게 다시 끌어들이려고 했었다. 그만큼 마덴 자작을 인정하는 것이다. 거기다 발렌도 마덴 자작의 능력을 높게 평가하고 있었다.

마덴 자작이라면 자신을 대신해서 충분히 병사들을 지휘할 수 있을 것이라 자신했다. 게다가 병력을 지원하라는 명령이 떨어질 것을 대비해 그에게 물었을 때, 마덴 자작은 참전하겠다고 자신 있게 말했었다.

"흠…… 알겠습니다. 그럼 그렇게 하도록 하세요."

엘리즈가 승낙하자 발렌이 감사하다는 듯 정중히 인사를 했다. 테아블은 100명이라는 게 못마땅했으나, 황제가 그를 두둔하고 있으니 옆에서 토를 달지 못했다.

"참, 그리고 올해 풍년이라 쌓여 있는 식량이 많습니다. 영지에서 보급품을 조달할 수 있도록 하겠습니다."

"예, 그럼 보급품과 관련해서는 마이셀 백작가에서 처리해 주도록 하세요. 그리고 그 값은 추후 지불하도록 하지요. 메이어 신성 제국과 가까운 영지에서 보급을 받아야 제대로 싸울 수 있을 테니까요."

"예, 황제 폐하."

테아블은 그녀의 결정이 마음에 들지 않는 눈치였다. 발렌은 정중히 고개를 숙이며 그녀에게 물었다.

"하온데 황제 폐하. 언제 국경을 통과하실 생각이십니까?"

"오늘 하루만 이곳에 머물고 내일 아침 일찍 메이어 신성 제국으로 향할 생각입니다. 메이어 신성 제국의 수도의 병력이 오기 전에 아덴 공작령을 정벌할 생각입니다."

엘리즈의 목표는 단 하나, 아덴 공작을 단죄하는 것이다. 힘들겠지만 바올라 제국의 자존심과 신념을 깨뜨린 아덴 공작을 단죄하기 위한 전쟁이기에 물러설 수는 없다.

"알겠습니다. 하면 오늘 이 저택에서 묵으시지요. 머무시는 동안 성심성의를 다하겠습니다."

"배려에 감사드립니다, 마이셀 백작."

Chapter 03
전쟁의 참상

<마이셀 종합 학교>

운영일: 4135년 12월 16일~

아이벤 대륙 최초 민간을 위한 무료 학교이다. 처음에는 비바람을 막을 용도로 천막만 두고 시작했지만, 건물이 들어서면서 학교의 모습을 갖추게 되었다. 단순히 영지민들에게 글을 가르치는 것으로 시작했지만, 점차 증축이 이루어지고, 지원이 활발해지면서 부지가 넓어져 초급, 중급, 고급반이 생겼다. 후에는 대학으로 성장하여 전문 인재들을 육성하는 엘리트 기관이 되었다.

—마이셀 종합 학교의 역사 소개 中—

*   *   *

황군은 하루 동안 발렌의 영지에 머물기로 했다. 그러나 워낙 수가 많다 보니 모두를 저택에 수용할 수는 없었다. 하는 수 없이 들일 수 있는 대로 들인 뒤, 나머지는 여관이나 마을 밖에서 머물기로 했다. 그나마 다행인 것은, 마이셀 백작령은 눈이 잘 오지 않는 따뜻한 지방이라는 것. 몇 겹으로 껴입고 자면 충분히 따뜻하게 노숙할 수 있을 것이다.

발렌의 저택에 머물기로 결정한 엘리즈는 호화스러운 저녁 만찬을 즐기기로 했다. 샤란은 엔더크 자작가에 있는 하녀들을 빌려 요리를 하는 중이었다. 그리고 음식이 준비되기 전, 발렌은 남바른 공작과 레딘을 만나 대화를 나누었다. 장남인 베세르는 참모들과 이야기를 나누는 중이었다.

"아버지, 테아블 병단장이 발렌을 마음에 들어 하지 않는 것 같은데, 나중에 그에게 불이익을 주거나 하지 않겠습니까?"

테아블 병단장은 꽤나 뒤끝이 있는 사람이다. 레딘은 이 와중에도 테아블의 눈 밖에 난 발렌을 걱정하고 있었다. 테아블은 발렌의 저택에 머물지 않고 근처 여관에 머물기로 했다. 발렌과 1초라도 같은 공간에 함께 있고 싶지 않은 눈치였다.

"그건 크게 걱정하지 않아도 된다. 테아블 병단장은 고지식하고 뒤끝이 있는 사람이지만, 황제 폐하께서 결정하신 사항에 저항하지는 않으니까. 무엇보다 황제 폐하와 친분이 깊은 마이셀 백작을 상대로 그렇게 하다가 오히려 자신이 황제 폐하의 눈 밖에 날 것을 알 텐데 대놓고 못하겠지."

그럼 보이지 않게 할 수는 있다는 소리다. 그러나 남바른 공작은 딱히 개의치 말라는 듯 발렌을 위로했다.

"만약 그가 자네에게 불이익을 주려고 하면 내가 막아줄 터이니 그것은 크게 신경 쓰지 않아도 되네. 걱정하지 말게나."

"감사드립니다, 공작 전하."

"이 정도로 고마워하기는."

남바른 공작은 툭툭 발렌을 격려하며 웃어 보였다.

"참, 그리고 그대의 병력은 내 휘하에 둘 생각이네."

"정말입니까?"

발렌의 얼굴에 화색이 돌았다. 그의 병사가 남바른 공작의 휘하에 들어간다면 다른 지휘관의 무모한 작전에 말려

들지 않을 것이기 때문이다.

"그래. 최대한 안전하게 작전을 펼칠 수 있도록 그대의 대리인에게 명령 권한을 줄 생각이네. 레딘에게 들어 보니 신무기를 다루는 병력은 적들의 뒤를 흔드는 임무에서 더욱 효과적으로 작전을 펼칠 수 있다고 하니까."

적들의 후방으로 이동하는 건 곧 고립되기도 쉽다는 얘기다. 그러나 남바른 공작은 그들이 유동적으로 움직일 수 있도록 단독 작전을 펼칠 수 있게 해 주겠다는 말까지 한다. 일부 지휘권을 마덴 자작에게 넘기겠다는 소리이기도 했다.

현장에서 직접 작전을 펼칠 수 있고, 위에서 내려오는 명령에 굳이 따르지 않아도 될 테니 마덴 자작도 비교적 최선의 작전을 펼칠 수 있을 것이다. 발렌이 남바른 공작에게 고개를 숙였다.

"정말 감사드립니다, 공작 전하."

"허허, 내게 고마워하지 말고, 레딘에게 하게. 레딘이 황제 폐하께 직접 아뢰어 결정된 것이니."

"고마워, 레딘."

"이 정도 가지고."

레딘은 크게 개의치 말라는 듯 손사래를 쳤지만, 발렌은 고마운 마음을 표하며 그의 손을 잡고 위아래로 흔들었다.

그들의 모습을 보고 남바른 공작이 흐뭇하게 미소를 지었다.

"참, 그리고 황제 폐하께서는 병사들이 신무기로 무장하기를 바라고 계시네."

실린더가 얼마나 효율성이 좋은 무기인지 엘리즈도 어느 정도 알고 있다. 실제로 발렌이 함께한 전투에서 실린더는 적에게는 위협적으로 다가오기 때문이다. 일반 병사들도 쉽게 다룰 수 있기에 더더욱 좋았다.

'맞아. 포드 아저씨의 공방이 바쁘게 돌아가기는 했는데……'

포드의 공방은 늘 바쁘긴 하지만, 선전포고를 한 뒤에는 더욱 바쁘게 돌아갔다. 아마 실린더와 실린건의 생산량을 늘렸기 때문이리라. 앞으로 전장에 큰 영향을 끼칠 무기로 평가받고 있으니 생산량이 남다른 것도 사실이다.

"실린더와 실린건으로 무장하면 확실히 큰 도움이 될 겁니다. 훈련을 시키는 것은 어렵지 않습니다."

실린더가 영지 내에 모두 보급되면서 가르칠 인원은 충분하다.

"훈련 기간은 대충 어느 정도로 잡고 있나?"

"급하게 무기를 다루는 법 정도만 익힌다면 2주 내로 가능하지만, 전문적으로 응용하는 수준에 이르려면 최소 한

달은 걸립니다. 워낙 섬세한 무기이다 보니 제대로 교육까지 한다면 더 오래 걸릴 수도 있습니다."

"그런가?"

간혹 전쟁이 급박하게 돌아가면 검 한 번 휘둘러보지 않은 자에게 검 자루만 쥐어 주고 실전에 내보내는 경우가 있지만, 실린더는 타국이 아직도 잘 모르는 무기이다. 그 때문에 관리가 가장 많이 필요한 무기였다.

"그렇군."

"황제 폐하께서는 몇 명이나 훈련하시길 원하십니까?"

"일단 100명 정도 지원 가능하다고 말씀드렸네."

100명 정도면 충분히 훈련할 수 있는 숫자다. 비축되어 있는 실린더와 실린건도 많을 테니 그들에게 모두 지급할 수 있을 것이다.

"알겠습니다. 그럼 그들을 훈련시키도록 하겠습니다."

"고맙네."

*　　*　　*

엘리즈가 저택에서 하루를 머물렀지만, 사적으로 만나 대화할 시간은 없었다. 아무래도 이제 본격적으로 적들의 영토로 진입하기까지 며칠 남지 않았기에 작전 회의가 길어졌기 때문이다. 그리고 아침이 되자마자 제대로 된 인사도 하지 못하고 엘리즈는 병력을 이끌고 메이어 신성 제국으로 진군을 명했다.

그리고 수도의 병사 100명을 남겨 둔 엘리즈. 이번에 실린더와 실린건 훈련을 할 병사들이었다. 발렌은 엔더크 자작과 이에 대한 얘기를 하고 있었다.

"이들의 훈련을 마치면 그다음 100명을 보낸다고 하네요. 아마 계속 교대할 거라고 봐요."

"그렇군요. 일이 바빠지겠습니다."

발렌은 고개를 주억였다. 이번에 새롭게 실린더와 실린건을 운용할 병력으로 선출된 이들은 주로 궁병들이었다. 그리고 그들을 훈련시키는 교관으로 엔더크 자작이 뽑혔다.

"실린더는 위험성이 크기 때문에 되도록 사병들 말고 장교들에게 맡기는 게 좋겠어요."

실린더는 잘못하다가 자신까지 휘말릴 가능성이 큰 무기이다. 때문에 장교들에게 실린더를 운용시킬 생각이다. 장교들이라면 그래도 어느 정도 경각심을 갖고 다룰 테니까.

"예, 영주님. 장교들은 실린더를, 나머지 사병들은 실린건을 훈련시키겠습니다."

"그럼 일단 장교들의 숫자를 알려 주세요."

"장교는 10명. 20명은 간부, 나머지 70명은 일반 병사들입니다."

발렌이 고개를 주억이며 100명의 병사들을 바라보았다. 그들 중에는 제대로 무장을 하지 않은 이들도 몇몇 보였다. 낫과 호미를 들고 있는 병사들은 대략 스무 명 정도. 무기도 없이 옷만 갖춰 입은 이도 있었다. 어떤 영지에서 급하게 징집해 인원을 맞춘 것이라는 생각이 들었다.

"공방에 들러 이들에게 실린더와 실린건을 보급할 수 있도록 하세요."

"예, 영주님."

"이제부터 굉장히 바삐 돌아갈 겁니다. 할 일이 많아졌으니까요."

수도에서부터 오는 보급품과 식량을 적들의 영토로 향하는 아군들에게 보내는 일도 해야 했다. 수도에서부터 식량이 도착하려면 시일이 걸리니 그동안 마이셀 백작령에서 식량을 조달해야 했다. 전쟁을 위해 여러 가지 준비해야 할 일이 많아졌다.

*　　　*　　　*

국경을 통과해 메이어 신성 제국의 영토에 발을 디딘 바올라 제국군은 첫 전투를 치르게 되었다. 국경 수비대와의 전투. 그러나 성은 너무도 쉽게 함락되었다. 마이셀 백작령에서 만든 새로운 신무기인 대형 실린더가 너무도 쉽게 성벽을 허물고, 성문을 박살 냈기 때문이다. 메이어 신성 제국 국경 수비대는 너무도 쉽게 성벽이 허물어지고, 성문이 박살나자 바로 항복을 했다.

"메이어 신성 제국 국경 수비대가 백기를 들었습니다, 황제 폐하. 아군의 깃발이 성벽에 걸리고 있습니다."

전투를 시작한 지 고작 두 시간. 메이어 신성 제국에 발을 딛고 첫 공성전에 성공하자 전군이 함성을 질렀다. 엘리즈는 승전보를 듣고 물었다.

"아군의 피해는 얼마나 되죠?"

"아군은 피해가 전무합니다."

아군은 한 명도 다치지 않았다는 소리다. 멀리서 대형 실린더를 발사해서 성벽과 성문을 부수니, 별다른 저항 없이 항복을 한 것이다. 정작 메이어 신성 제국의 국경 수비대는 이렇다 할 공격도 못해 보고 백기를 내걸었다.

"황제 폐하, 항복한 포로는 어떻게 하시겠습니까?"

"그들을 마이셀 백작령의 포로수용소로 보낼 수 있도록 하세요. 적군이라고 하더라도 포로를 함부로 대하지 않게 하세요."

"명을 받들겠습니다."

명예 내전 당시 마이셀 백작령의 포로수용소가 있다. 그곳이면 포로들을 충분히 수용할 수 있을 것이다.

"성으로 진입하면서 약탈, 방화 그 외 각종 범죄를 용납하지 않습니다. 혹여 약탈을 하여 전리품을 챙기려고 하는 이들을 적발하거든 신분의 고하를 막론하고 엄벌에 처하겠습니다. 모든 영주들, 지휘관들, 병사들에게 전파하도록 하세요."

"명을 받들겠습니다, 황제 폐하."

엘리즈는 비록 전쟁이라고는 하나 함부로 살생하거나 범죄를 저지르는 것을 용납하지 않을 생각이었다. 그녀의 명령은 즉각 지휘부에 퍼지게 될 것이다. 그러나 엘리즈는 아직 모르는 게 있었다. 전쟁이란 생각처럼 되는 것이 아니라는 것을.

* * *

이틀 후, 마이셀 학교가 본격적으로 운영하기 시작했다. 학교라고 해도 천막을 둘러쳐 비바람만 막을 정도인 임시 막사 같은 모양새지만, 그것만 해도 어디인가. 언젠가는 이 부지에 건물을 세워 제대로 된 수업을 할 수 있도록 할 생각이다.

겨울을 맞이해 아이들이 학교를 찾게 되었다. 아니, 아이들만이 아니다. 어른들도 다수 글을 배우기 위해 마이셀 학교를 찾았다. 다들 몰랐던 글을 배울 수 있다는 것에 흥분한 듯 보였다.

발렌은 학생들을 위해 따로 구입한 책들을 나눠 주었다. 이 학교를 지은 가장 큰 목표인 글공부를 우선적으로 진행하기 위한 수단이었다. 발렌은 책을 나눠 주고 글공부를 시작했다. 모두 경청하며 그의 수업에 참석한다. 처음에는 문자들이 어떤 건지 설명해 주었다. 최대한 복잡하지 않게 쉬운 것부터 차근차근 진행한다. 발렌이 칠판에 적은 글자가 무슨 소리가 나는지 알려 주었다.

"모두 땅바닥에 글자를 써 보도록 하죠."

발렌이 나무 막대를 모두에게 나눠 주었다. 영지민들이 나무 막대로 칠판에 적힌 글자를 따라 써 본다. 쓴다기 보다는 그린다는 표현이 더 적절해 보였다. 다들 땅에 글을 쓰면서도 아직 무슨 소리를 내는 건지 모른다. 그러나 며칠만 지나면 모든 글자를 알고, 곧 문장을 쓸 수 있게 될 것이다.

발렌은 열심히 수업을 진행했다. 약 세 시간의 수업. 오늘 주간 수업은 이것으로 끝이었다. 지금 당장 시간이 안

되어 저녁반도 만들어 놓았다. 저녁에도 동일하게 수업이 진행될 것이다.

"자, 오늘은 여기서 수업을 마치도록 하겠습니다. 혹시 궁금한 점 있으신가요?"

대부분이 손을 들지 않았다. 이제 막 시작하는 터라 궁금한 점이 많을 거라 생각했지만, 이제 막 시작했기 때문인지 오히려 무엇을 궁금해야 할지 모르는 모양이다.

"영주님…… 아니, 선생님! 궁금한 게 있어요!"

한 아이가 손을 번쩍 들었다. 발렌의 시선이 그 아이에게로 향한다.

"음…… 이디였던가?"

"이디나예요, 선생님."

"미안하구나. 그래, 이디나. 뭐가 궁금하니?"

"혹시 글을 모두 다 배우면 따로 뭔가 더 배울 수 있나요?"

이디나는 글만 아니라 다른 지식을 갈구하는 모습이었다. 오늘 수업 내내 딴청도 안 피우고 열심히 수업을 들었던 아이였다. 또한 수업을 하다가 모르는 게 있으면 바로 손을 들고 물어보기도 했다.

"추후에 뭔가를 더 배우고 싶다면 따로 저택의 도서관에 오려무나. 거긴 다양한 서적이 많으니까. 혹시 관심 있는

것이 있다면 말하렴. 내가 찾아 주고, 없다면 따로 구입해
줄 테니."

도서관에 오면 가끔 발렌도 볼 수 있을 것이다. 그때 만
난다면 알려 주면 된다. 크게 어렵지 않은 일이다. 이디나
는 만족스러운 대답을 얻었는지 헤헤 웃으며 고개를 끄덕
였다. 발렌은 곧 수업에 참관한 이들을 바라보았다.

"굳이 수업에 관련된 질문이 아니어도 됩니다."

수업과 관련된 질문이 아니어도 된다는 말에 한 청년이
손을 번쩍 들어 올렸다.

"그…… 선생님. 조금 걱정되는 게 있습니다."

"뭔가요?"

"우리는 언제 징집합니까?"

수업에 관련된 질문이 아니어도 된다고 하니 개인적으로
궁금했던 걸 질문한 청년. 전쟁이 터졌으니 분명 징집될 거
라 생각했는데, 전혀 그런 것이 없으니 의아했던 모양이다.

"아직 우리 영지에서는 징집할 예정이 없습니다."

발렌의 말에 청년들이 웅성거렸다. 국경 근처에 있기에
가장 먼저 징병될 거라 생각했는데, 아직 예정이 없다고 하
니 놀라운 반응이다. 그러고 보니 이들에게 징병에 대한 얘
기를 아직 하지 않았던 것 같았다.

"우리 영지는 메이어 신성 제국이 쳐들어오지 않는 이상

걱정하지 않으셔도 됩니다."

발렌은 영토가 침략당하지 않을 거라고 절대 자신하지 않았다. 전장은 항상 어떻게 돌아갈지 모르는 법이다. 메이어 신성 제국에서 쳐들어온다면 어쩔 수 없이 그들도 나서서 싸울 수밖에 없다. 그럴 수밖에 없을 것이다. 적정 연령의 남성들을 징집해 영지를 지켜야 할 테니까. 그리고 아덴 공작은 명장이라 손꼽히는 인물 중 하나다. 반격의 기회를 노릴 수 있고, 어떤 사태가 벌어질지 짐작하지 못하니 경각심을 가지고 있었다. 분명 연회 때 그런 참사를 벌인 것은 뭔가 믿는 바가 있기 때문이라고 발렌은 확신하고 있었다.

* * *

전쟁은 급박하게 돌아가고 있었다. 성 하나를 점령한 바올라 제국은 여러 군단으로 나뉘어 빠르게 메이어 신성 제국의 성을 차례차례 점령해 나갔다. 승전보가 계속 엘리즈에게 전해지고, 엘리즈가 이끄는 병력도 다시금 진군하여 또 다른 성에 다다를 수 있었다.

그녀가 마주한 곳은 팔트레아 성. 이곳에 오는 동안 소규모 전투가 있었다. 그 과정에서 한 영주와 기사들이 행방불명되었다.

그러나 바올라 제국의 진군을 저지하기는 힘들었다.

바올라 제국군은 팔트레아 성을 어떻게 공략할 것인지 작전 회의가 한창이었다.

"팔트레아 성은 천혜의 요새입니다. 협곡 위에 위치해 있고, 유일하게 갈 수 있는 길은 낭떠러지를 연결한 좁은 다리 하나뿐입니다. 또 성 내부에는 약 3,000명의 병력이 있다고 합니다."

숫자는 적지만, 지형적 유리함 때문에 그 3,000명의 병력은 엄청난 힘을 발휘하게 될 것이다. 남바른 공작은 팔트레아 성 인근 지도를 얻어 계속 엘리즈에게 설명했다. 엘리즈는 그의 말을 경청하며 물었다.

"뚫을 수 있는 곳은 한 곳. 이곳을 무시하고 지나치기에는 문제가 커 보이네요."

"예, 이곳을 가만히 놔두었다가는 후방이 위험해질 겁니다. 나중에 메이어 신성 제국에서 반격을 가한다면 팔트레아 성의 적군들이 가장 골치 아프게 할 수 있습니다."

엘리즈는 침음했다. 막사가 순식간에 침묵으로 감싸인다. 다들 묘책이 없어 보이나 머리를 굴리고 있었다.

"반대로 그들도 퇴로는 없다는 소리군요. 우리가 길을 막고 있으니 보급품을 받을 수 없겠어요."

그저 포위를 하면 그들이 알아서 백기를 내걸지 않을까

그런 소리다. 그러나 남바른 공작은 그 의견에 부정적이었다.

"첩보에 따르면 팔트레아 성 내부에서 하벨로 백작이 결사 항전을 준비한다고 합니다. 우물은 물론, 식량까지 충분히 비축되어 있다고 합니다. 게다가 그 안에서는 자급자족을 할 수 있습니다. 저들이 마음만 먹는다면 전쟁이 끝날 때까지 농성할 수도 있습니다."

엘리즈가 턱에 손을 얹으며 고민에 빠졌다. 반드시 공략해야 한다는 소리다. 전략적 요충지인 이곳을 가만히 놔둘 수 없고, 그렇다고 공격을 하자니 많은 피해를 감수해야 했다.

"혹시 저들이 다리를 부수지 않을까요?"

만일 저들이 다리에 함정을 설치했다면 그 순간 다수의 병사들이 낭떠러지 아래로 추락할 것이 분명했다.

"저들도 다리를 부수는 것은 원치 않을 겁니다. 다리를 부순다면 오히려 우리 쪽에 더 유리하게 돌아갑니다. 우린 저들이 다리를 놓지 못하게 소수의 병력을 두고 아덴 공작령으로 진군하면 됩니다."

이제 이곳만 뚫으면 아덴 공작령으로 향할 수 있다. 그럼에도 다리를 부수지 않는 이유는, 전략적 요충지를 확보하는 것이 급선무이기 때문이다. 이곳 너머는 고덴 사막이고 그곳을 통과하면 아덴 공작령에 도착할 수 있다.

안 그래도 위험한 사막을 통과해야 하니 당연히 후방의 안전을 확보하는 게 좋다. 팔레이트 성을 점령하기만 하면 그 안전을 확보할 수 있다. 엘리즈는 고개를 주억이며 잠시 생각에 잠긴다. 지금 당장은 다리가 안전하기를 바랄 수밖에 없는 상황이었다.

"조사가 진행되는 동안 병사들에게 휴식을 취할 수 있도록 하세요. 그리고 우리는 어떻게 성을 공략할지 좀 더 고민을 해 보죠."

모두가 고개를 주억이며 생각에 잠긴다. 참모들이 다양한 전략에 대해 토의를 했지만, 이렇다할 작전이 나오지는 않았다.

'작은 오라버니시라면 이것을 어찌 타파하셨을까?'

엘리즈는 아루스를 떠올렸다. 그가 자신과 같은 상황을 맞이했으면 어떤 생각을 했을까. 아루스였다면 이 상황을 타파할 수 있었을까? 그런 생각을 하다가 그녀가 고개를 맹렬히 저었다.

'아냐, 난 작은 오라버니와 달라. 난 나야. 작은 오라버니가 아니라고.'

아루스와 자신은 다르다. 가족이라고 해도 생각까지 알 수는 없는 법. 아루스는 아루스고, 자신은 자신이라며 스스로를 타일렀다. 이런 생각은 현 상황에 아무런 도움이 되지 않는다. 아루스가 없는 지금 그를 떠올려 봤자 시간만 낭비일 뿐이다.

엘리즈는 고민했다. 어떻게 이 상황을 타파할지 자신만의 생각에 빠졌다. 그렇게 얼마나 생각을 했을까. 문득 그녀의 머릿속에 한 가지 생각이 떠올랐다.

"잠깐. 제게 좋은 생각이 있어요."

모든 참모들이 그녀에게 시선을 집중했다.

*   *   *

팔트레아 성벽 위에서 바올라 제국군을 바라보는 이가 있었다. 메이어 신성 제국의 영주인 하벨로 백작이다. 그는 자신의 영지가 바올라 제국군에 의해 무너지는 것을 보며 팔트레아 성을 최후의 보루로 삼았다.

"저놈들이 물러날 생각이 없구나."

하벨로 백작은 이를 아득 깨물며 그들을 노려보았다. 어찌나 병력이 많은지 일일이 세어 볼 수 없을 정도다. 그러나 그는 그 숫자를 보고도 두려워하지 않았다. 오직 그의 마음에는 분노만이 자리를 잡고 있었다.

"감히 내 영지를 쑥대밭으로 만들다니. 저들을 결코 가만히 놔두지 않을 것이야. 신무기든 뭐든 이 요새를 뚫을 수 없다는 절망감을 안겨 주마."

그는 바득바득 이를 갈았다. 자신의 모든 성을 강탈당했다. 이제 그에게 남은 영지는 바로 이곳, 팔트레아 성이 전부였다. 이곳에서 항전을 해서 저들을 막아 낼 것이다. 지금까지 그 어떤 나라도 뚫지 못한 팔트레아 성. 바올라 제국의 진군을 이곳에서 막을 것이다.

"영주님. 저들이 나무를 모으고 있습니다."

하벨로 백작의 참모가 바올라 제국의 진영에서 나무를 베어 옮기는 것을 목격하고 손가락으로 그곳을 가리켰다. 하벨로 백작의 시선도 참모의 손가락에 따라 이동한다.

"뭘 만드는 거지?"

"잘 모르겠습니다."

팔트레아 성 인근에는 나무가 많다. 나무들이 쓰러지며 바올라 제국군이 그 나무를 지고 옮기는 것이 보인다.

"통나무를 옮기고 있군. 공성 무기를 만들 속셈인가?"

현지에서 나무를 베어 공성 무기를 만드는 것은 흔한 일이다. 그러나 하벨로 백작은 의아한 표정이었다. 다리 너머에서 공성 무기를 쓰려고 해도 불가능한 일이다. 공성 무기가 닿지 않을 만큼 다리의 길이가 길기 때문이다. 설사 그들의 공성 무기가 다리 너머에 닿는다 하더라도 건너편에서 공성 무기를 배치할 수 있는 숫자는 한정되어 있다. 이곳이 왜 천혜의 요새겠는가. 적들이 공격하기 힘들고 수비 측에서는 방어하기 매우 유리하기에 천혜의 요새라 불리는 것이다. 하벨로 백작이 이곳을 최후의 보루로 생각하는 것도 다 그 이유 때문이었다.

"저들이 무슨 계략을 꾸미는 듯하구나. 그렇다 한들 이곳을 쉬이 뚫을 수 없을 것이다. 수도의 병력이 올 때까지 항전할 테니까!"

하벨로 백작이 주먹을 움켜쥐며 뒤쪽을 향해 소리친다. 그는 이곳에 뼈를 묻을 각오를 했다. 그에게 남은 3,000명의 병사들은 결사대였다. 바올라 제국군이 100만이 몰려온다고 한들 이곳을 쉽게 뚫지 못할 거라 자신했다.

"그를 끌고 오라! 저들이 먼저 오게 만들어야겠다."

하벨로 백작이 정확히 누구라고 말하지 않았지만, 명령에 뒤에 대기하고 있던 기사들은 즉각 누군가를 끌고 왔다. 하벨로 백작은 자신의 앞에 끌려온 이를 보고 씩 웃었다.

*   *   *

"황제 폐하, 잠시 나와 보셔야 할 것 같습니다."

남바른 공작이 막사를 찾아왔다.

"무슨 일이죠?"

"적장이 성벽 위에서 뭔가를 하고 있습니다."

엘리즈가 고개를 갸웃거렸다. 그러나 남바른 공작은 그이상 말하지 않았다. 구체적으로 그들이 무엇을 하려는 건지 몰라 남바른 공작도 정확히 말할 수 없었던 것이다. 엘리즈는 그의 말에 따라 밖으로 나왔다. 막사 밖으로 나오자 쩌렁쩌렁 목소리가 울렸다.

"난 메이어 신성 제국, 하벨로 백작령의 영주, 데스몬드 데 하벨로다!"

성벽 위에서 목소리에 마나를 실어 큰 목소리를 내는 하벨로 백작. 모든 병사들이 그 소리를 들을 수 있을 만큼 거대한 소리다.

"바올라 제국의 여제는 들어라! 지금 나는 아베리아 백작을 잡고 있다!"

자세히 보니 그의 옆에는 누군가가 사지가 포박당한 채당나귀에 묶여 있는 것을 볼 수 있었다.

"아베리아 백작이라고 하면……?"

"소규모 전투에서 행방불명되었던 영주입니다. 아무래도 저들에게 붙잡혔던 모양입니다."

아베리아 백작. 진군을 하다가 소규모 전투 때 행방불명된 영주가 바로 그였다. 아베리아 백작은 속옷만 입은 채 입에 재갈을 물고, 당나귀에 탄 채 성벽 위를 이동하고 있었다. 메이어 신성 제국군은 그 모습을 보고 낄낄 웃으며 온갖 모욕을 주고 침을 뱉고 있었다.

"저놈들이!"

기사들이 그 모습을 보고 분노했다. 한 나라의 귀족에게 저런 온갖 모욕과 굴욕을 안겨 주다니. 무엇보다 타국의 귀족을 붙잡았다면 포로에 대한 예우를 갖춰야 정상이다. 그것이 모든 대륙에서 지켜지는 전쟁법이다. 성벽을 수차례 돌아다니며 온갖 모욕을 받는 아베리아 백작. 하벨로 백작은 그 모습을 지켜보다가 그를 당나귀에서 내려오게 한 후 자신의 앞에 무릎을 꿇렸다. 그리고 허리춤에 있던 칼을 뽑아 그의 목에 겨누었다.

"감히 신이 선택하신 아국의 땅을 짓밟은 그대들에게 죗값을 톡톡히 치르게 할 것이다! 난 이곳에 뼈를 묻을 것이고, 끝까지 항전할 것이다! 바올라 여제는 신성한 땅을 짓밟은 대가로 알테미아님의 저주가 함께할 것이다!"

그리고 하벨로 백작의 검이 아베리아 백작의 목을 베었다. 그리고 그 목을 번쩍 쳐들어 올리며 창에 꽂아 성벽 위에 당당히 걸어 두었다. 아군들은 그 광경을 보고 겁에 질리기보다 분노를 했다.

"저런 야만인 같으니라고!"

"언제든지 덤벼라! 바올라 여제도 아베리아 백작처럼 옷을 벗겨 만천하에 그 나신을 보이게 만들어 네년의 백성들에게 보여 주마!"

이번에는 엘리즈를 모욕하는 말을 하자, 참모들이 더 이상 못 참겠다는 듯 소리쳤다.

"황제 폐하, 지금 당장 저들을 섬멸할 수 있도록 공격 명령을 내려 주십시오! 저자를 사로잡아 황제 폐하의 앞에 무릎 꿇게 만들겠습니다!"

참모들이 분노하며 엘리즈가 공격 명령을 하기를 원했다. 그러나 엘리즈는 눈을 질끈 감았다.

"진정하세요. 이것은 하벨로 백작이 원하는 것입니다. 흥분을 가라앉히세요."

"하오나 황제 폐하!"

"제 명령이 들리지 않는 겁니까!"

엘리즈가 큰 소리를 내자 참모들이 입을 꾹 다물었다. 자신을 모욕한 것에 가장 분노할 사람은 엘리즈다. 그러나 그녀는 이런 같잖은 도발에 넘어갈 생각은 없었다.

"지금은 참을 때입니다. 우리에게는 아직 시간이 있습니다. 저들이 무슨 말을 하든 경거망동하지 마세요. 그가 원하는 대로 이끌리지 마세요. 하벨로 백작에 대한 죄는 우리가 성을 점령한 후에 내릴 겁니다."

"……."

"대답은요?"

"예, 황제 폐하."

모두가 엘리즈에게 고개를 숙였다. 엘리즈는 성벽을 바라보며 저들의 목소리와 광기 어린 행동을 모두 눈에 담았다. 그녀는 자신의 아버지에게 배운 것이 있었다.

'괴로워도 바라봐야 한다. 황제가 아니더라도 언젠가는 너의 사람이 고통스러워하는 모습을 바라봐야 할 때가 있으니. 그리고 냉정하게 생각해라. 후에 네가 어떻게 해 줄 수 있는지, 네가 해야 할 것이 무엇인지. 이것을 경험으로 다시는 이런 일이 일어나지 않도록, 네가 지혜를 짜낼 수 있게 해 줄 것이다. 지금 네가 느끼는 감정과 이 광경을 잊지 말거라.'

그것이 그녀의 아버지가 엘리즈에게 가르친 것이다. 발렌과 이반이 결투를 했을 때 해 준 말이었다. 그녀는 아직도 그 말을 기억하고 있다.

'다시는 이런 일이 일어나지 않도록 당당히 보겠어. 그리고 내가 해야 할 일이 뭔지 찾고, 지혜를 짜내겠어. 지금 느끼는 이 감정과 이 광경을 잊지 않겠어.'

엘리즈는 이를 꽉 깨물며 이 광기 어린 광경을 눈에 담았다.

　　　　*　　　*　　　*

　하벨로 백작은 그들이 나무로 무엇을 만드는 것인지 며칠 후에 알 수 있었다. 그들은 피해를 최소화하기 위해 좁은 다리 옆에 수많은 다리를 만들어 팔트레아 성을 점령하려는 것이었다. 그러나 하벨로 백작은 그들을 방해하려고 해도 할 수 없었다.

　상대측에서 공성 무기로 공격을 가할 수 없다는 것은, 이쪽에서도 할 수 없다는 뜻이다. 공성 무기의 사정거리까지 도달할 때쯤 본격적으로 트레뷰셋으로 공격을 가했지만, 적들의 공격도 날아왔다.

　쾅! 쾅!

　수많은 쇠공이 날아와 성벽을 가격했다.

　"도대체 저것이 무엇이더냐! 어찌 저 먼 거리에서 이쪽까지 공격을 할 수 있다는 말인가!"

　하벨로 백작은 그들의 무기에 경악할 수밖에 없었다. 그들이 날린 무언가는 성벽만이 아니라 성내까지 떨어지고 있었다.

　"저들의 신무기인 것 같습니다! 바올라 제국이 신무기를 여러 개 만들었다는데, 그중 하나인 듯합니다!"

"큭!"

예상치 못한 복병이었다.

'어쩐지 적들의 피해가 적고 순식간에 성을 점령했다 했더니!'

대형 실린더는 공성전에서 엄청난 위력을 발휘할 수 있는 무기였다. 진형을 향해 날리는 것보다 성벽과 성문을 부수는 것이 더 유용했다. 그나마 다행이라면 팔트레아 성은 꽤 오래전에 지어진 성이지만, 매우 견고하고 튼튼하게 설계되어 잘 부서지지 않고 있다는 점이다. 그러나 마냥 안심할 수 없었다. 그들의 새로운 무기는 멀리서도 성벽을 강하게 두드리고 있었다. 계속 공격을 당하다가는 무너지게 될 것이다. 그러나 바올라 제국의 공격은 며칠 동안 쉬지 않고 이어졌다.

"마덴 자작. 다리가 거의 다 지어졌습니다. 저들이 방해하지 못하도록 계속 공격을 가하세요."

"예, 황제 폐하!"

수많은 마정석 가루를 가지고 온 덕분에 며칠 동안 대형 실린더로 적들의 성을 맹렬히 공격할 수 있었다. 그리고 일부 병력들을 다리로 전진시켜 활을 쏘게 했다. 다리가 완전히 완성되는 순간이 기회다. 그들이 절대 공격할 틈을 주지 않을 생각이었다.

전투가 진행되면서도 낭떠러지 위에서 계속 다리를 짓는 병사들. 매우 위험한 일이지만, 대형 실린더의 위력에 놀라 제대로 된 저항을 하지 못한다는 게 컸다. 그리고 엘리즈는 일부러 약간 거리를 띄우고 다리를 짓게 했다.

다리를 바로 옆에 짓는다면 저들의 명중 확률이 높아지니 일부러 거리를 벌려 짓게 한 것이다. 그 덕분에 적들이 날린 돌멩이의 대부분이 낭떠러지 아래로 떨어지고 있었다. 그들에게는 치명적인 문제가 있었다. 장기간 버틸 수 있는 식량이 있다지만 트레뷰셋에 쓸 돌멩이가 한정되어 있다는 것이다. 실제로 저들이 공성 무기로 공격하는 횟수가 점점 줄어 갔다. 그렇게 전투가 한창 진행되고 있는데, 전령이 말을 타고 와서 그녀에게 보고했다.

"황제 폐하, 다리가 다 지어졌다고 합니다! 이제 팔트레아 성으로 진입할 길이 늘어났습니다!"

희소식이다. 엘리즈는 승기를 잡았다고 확신했다.

"마덴 자작, 저들의 성벽은 언제쯤 부서질 것 같습니까?"

"확신하지 못하지만, 한곳에 집중해서 공격을 가하고 있습니다. 곧 성벽이 허물어져 진입할 수 있을 겁니다."

다른 성들은 진즉에 허물어졌지만, 팔트레아 성의 성벽은 며칠째 공격을 가했어도 여전히 버티고 있었다. 그러나 그것도 얼마 가지 않을 것이다. 옆에서 그녀와 함께 전투를 지켜보던 남바른 공작이 팔트레아 성의 다리를 향해 불화살을 날리는 것을 목격했다.

"황제 폐하, 저들이 불화살을 날리고 있습니다. 다리를 불태우려는 듯싶습니다."

지금까지 공격이 소극적이던 하벨로 백작군이 성벽 위로 몸을 내민 채 화살을 쏘았다. 저들도 이제 필사적으로 변했다.

"다리가 불타지 않게 소방수를 뿌리도록 하세요!"

진입해 들어갈 수 있는 공간을 확보해서 저들의 공격을 분산시키는 것이 이번 작전의 목표이다. 그래도 피해가 발생하겠지만, 다리 하나를 건너는 것보다 훨씬 낫다.

우르릉!

천둥과 비슷한 소리가 울려 퍼졌다. 엘리즈와 남바른 공작의 시선이 정면으로 향한다. 그곳에는 드디어 한쪽 면이 허물어진 팔트레아 성벽이 있었다. 허물어진 성벽 위에 있던 하벨로 백작군 중 상당수가 추락한 것도 목격되었다.

"황제 폐하!"

남바른 공작이 지금이라는 듯 그녀를 부른다. 엘리즈가 명령을 내렸다.

"당장 성으로 진입, 점령하여 하벨로 백작을 생포하도록 하세요!"

그녀의 명령이 떨어지자, 남바른 공작이 즉시 말에 올라 탔다. 이제 전투가 시작되었으니 자신이 선봉에 서서 성을 점령할 생각이었다. 남바른 공작과 함께 바올라 제국군이 기존에 있던 다리와 새로 지은 다리를 통해 움직이기 시작했다. 허물어진 성벽과 가까운 위치에 있는 병력들은 중기병들이었다.

사람부터 말까지 완전히 철갑으로 두른 중기병들이 선봉에 서서 적진으로 달려든다. 그리고 일부는 사다리를 성벽에 놓고 올라가고 있었다. 성벽 위를 오르는 이들을 막지 않아도 문제, 허물어진 성벽 쪽을 막지 않아도 문제다. 이제 그들은 버틸 수 없을 것이다.

"뚫어라! 하벨로 백작을 사로잡아라!"

바올라 제국군이 함성을 지르며 허물어진 성벽을 향해 진격했다.

"이럴 수가. 이렇게 허무하게 팔트레아 성이⋯⋯!"

하벨로 백작은 두 눈으로 보고도 믿을 수 없었다. 수백만의 군단이 쳐들어와도 절대 뚫을 수 없을 것이라 여겼던 팔트레아 성벽이 저들의 신무기에 너무도 허무하게 허물어져버렸다. 하벨로 백작은 밀물처럼 밀려들어 오는 바올라 제국군을 보고 으득 이를 갈았다. 이렇게 아무것도 하지 못하고 성이 점령당하리라고는 생각지 못했다.

　허물어진 성벽을 통해 진입하려는 바올라 제국군. 대치 중이기는 하지만, 이것은 분명 오래가지 않을 것이다. 중기병들로 이루어진 바올라 제국군의 기사들. 창병들이 열심히 창으로 견제하고 있으나, 기사와 말들에 입힌 철갑은 쉽사리 뚫지 못했다. 점점 진형이 붕괴되고 와해되고 있었다.

　저들은 10만이 넘는데, 이쪽은 3,000명이다. 게다가 그들은 눈에 불을 켜고 자신을 찾으려고 했다. 이유는 자신이 더 잘 알고 있었다. 한 명의 포로, 그것도 한 나라의 영주에게 온갖 모욕을 주고 처형한 자신이다. 앞으로 자신이 어떻게 될지 안 봐도 뻔하다.

　"더러운 바질 녀석들에게 사로잡혀 온갖 굴욕을 당할 바에야……."

　하벨로 백작이 이를 아득 물며 자신의 검을 거꾸로 쥐었다.

　　　　　*　　　*　　　*

　팔트레아 성의 성벽이 허물어지고 진입한 지 네 시간이 지나자 그 성에 바올라 제국의 깃발이 내걸렸다. 그 깃발을 보고 바올라 제국군이 승리의 함성을 내질렀다. 3,000명의 저항이 끈질기기는 했지만, 계속해서 밀려오는 바올라 제국군을 어찌할 수 없었다. 저항이 너무 심해 그들을 진압하는 데 꽤 오래 걸렸다. 성을 완전히 점령하고, 안전을 확보해서야 엘리즈가 말을 타고 팔트레아 성 안으로 진입할 수 있었다.

"성공적으로 성을 점령했습니다."

"고생하셨습니다, 남바른 공작."

"아닙니다. 전부 대형 실린더와 황제 폐하의 전략이 제대로 먹혀들어서 가능했던 일입니다."

엘리즈는 팔트레아 성 주위를 바라보았다. 대형 실린더가 얼마나 맹공을 펼쳤는지, 내부를 보고서 알 수 있었다.

여기저기 건물이 부서진 것이 눈에 들어왔다. 공격을 가하면서 일부 성벽 뒤로 날아간 쇠공이었다. 도로에는 대형 실린더에서 날린 쇠공이 떨어져 땅이 깊게 파인 것도 보였다.

트레뷰셋으로도 닿지 않을 거리를 공격하는 것도 대단하지만, 그 위력도 결코 범상치 않았다. 또한 그 며칠을 견딘 팔트레아 성도 굉장했다. 트레뷰셋의 사정거리가 닿아 한 곳을 집중 공략했어도 쉽게 성벽을 허물지 못했을 것이다.

"그리고 전투가 끝나고 명을 어긴 죄인들을 끌고 왔습니다."

남바른 공작이 휘하 기사들과 함께 포박된 기사 스무 명을 그녀의 앞에 무릎 꿇게 했다. 엘리즈는 그게 무슨 소리냐는 듯 그를 바라보았다.

"이들은 누구죠?"

"아국의 기사입니다. 이들이 포로들을 처형했습니다."

"포로를 처형했다고요? 다른 이도 아닌 기사가?"

"예, 황제 폐하."

엘리즈는 충격을 먹은 표정으로 남바른 공작과 기사들을 번갈아 보았다. 그리고 곧 남바른 공작에게 물었다.

"그들의 소속은 어디지요?"

"제1군, 아베리아 백작군 소속 덴머드 기사단입니다."

"아베리아 백작군이라면……."

남바른 공작이 고개를 주억였다. 이번에 적에게 사로잡혀 온갖 모욕을 받고 처형을 당한 자였다.

"그대들은 어째서 내 명을 어기고 포로를 함부로 살생한 것이더냐?"

엘리즈는 권위 있는 말투로 기사들에게 그 이유를 물었다. 황제가 되었어도 신하들에게 존댓말을 하며 대우해 줬던 것과 대비되는 모습이다.

"메바크 녀석들이 우리의 주군을 처형했습니다. 주군의 육신에 침을 뱉고 당나귀에 묶고 돌아다니며 온갖 모욕을 했습니다. 우린 그에 응당한 복수를 한 것뿐입니다."

메바크는 메이어 신성 제국의 사람을 낮춰 부르는 말이다. 그들은 자신들이 응당 해야 할 일을 한 것이라며 정당성을 주장했다.

"아베리아 백작이 포로로 잡혔다가 처형된 것은 나도 직접 보았다. 온갖 모욕을 당한 것도 들었다. 그대들이 복수심을 키우는 건 이해할 수 있다. 하지만 그대들이 한 짓은 결코 정당하다 볼 수 없으며 용납할 수 없는 일이다. 그대들은 기사다. 포로를 죽이는 것은 기사도에 어긋나는 행위임을 그대들이 더 잘 알 것이다."

엘리즈가 권위적인 눈으로 그들을 내려다본다.

"짐은 그 어떤 전쟁 범죄를 하지 말라 명했다. 약탈, 방화, 강간 그 어떤 것도. 그대들은 이미 전투 의지를 잃은 포로를 처형했다. 이 일은 내가 금지한 것 중 가장 큰 죄이다. 짐이 신분 고하를 막론하고 처벌을 하겠다고 명했는데도 복수심에 눈이 멀어 명을 어긴 것은 결코 용납할 수 없는 법. 현 시간부로 범죄를 저지른 그대들은 기사의 직위를 박탈하며 이후 따로 재판을 열어 처벌을 내릴 것이다. 그들을 압송하라."

엘리즈의 명령에 남바른 공작 휘하의 기사들이 그들을 압송했다. 덴머드 기사들은 자신들의 직위가 박탈되어도 정당하다며 끌려갔다. 엘리즈는 침묵을 지켰다. 그녀의 표정은 너무도 어두웠다.

"남바른 공작."

"예, 황제 폐하."

"제가 너무 이상을 꿈꾸고 있는 겁니까?"

엘리즈는 이런 일이 벌어지는 것을 원치 않았다. 메이어 신성 제국에 선전포고를 할 때도 많은 것을 고심했다. 전쟁을 벌이면 그만큼 많은 피해를 받을 것이며 죽는 이도 나올 거라고 생각했다.

하지만 그녀가 생각했던 전쟁에 이런 범죄는 전혀 없었다.

"모든 이들이 이상을 품고 있습니다. 하지만 현실은 마음대로 되지 않는 법이지요. 벌레 하나 죽이지 못하던 사람도 옆에서 소중한 이가 죽는 것을 목격하면 그 누구보다도 잔혹해지기 마련입니다. 사람이 오히려 몬스터보다 더 잔혹해질 때도 있습니다."

"……."

"그저 그러한 일을 최소한으로 하기 위해 노력하는 수밖에 없습니다. 황제 폐하께서 생각하시는 것보다 더 잔혹한 일이 벌어질 수도 있습니다."

모든 역사에는 전쟁의 참상에 대해 잘 말하지 않는다. 오

직 용감히 싸웠던 병사, 영주들을 찬양하고 그들의 업적을
온갖 미사여구로 사람들에게 알리고 그것이 또 미화되어
후대에게 전해질 뿐이다.

전쟁은 결코 찬양할 만한 것이 아니다. 사람의 추악함이
무엇인지 알려 줄 뿐이다.

Chapter 04

전쟁과 평화의 경계선

　당시는 전쟁범죄라는 개념이 전혀 없던 때였다.
포로에 대한 대우는 해 줬지만, 협상이 결렬되면
처형하는 일이 비일비재했으며 약탈도 허용했다.
하지만 엘리즈 황제는 이와 같은 일들을 범죄라고
규정하였다. 이와 관련되어서는 학자들끼리 얘기
가 분분하지만 세 가지 가능성이 가장 설득력을 얻
고 있다.

　하나, 약탈과 학살을 막아 메이어 신성 제국 원
정의 진정한 목적을 상기시켜 명분을 더욱 확고히
하는 것.

둘, 자국과 타국에 자신의 위엄을 보여 주는 것.

셋, 백성들을 아끼고 사랑하며 눈물을 흘리는 엘리즈 황제가 죄 없는 타국민들까지 생각했다는 것.

그 이유가 무엇인지 엘리즈 황제 본인만 알겠지만, 무엇이 되었든 이는 훗날 사람들이 전쟁을 생각할 때 많은 영향을 끼치게 된다.

　　―『천년 제국 바올라 2부』117p―

＊　　　＊　　　＊

하벨로 백작령을 완전히 점령하고 바올라 제국군이 아덴 공작령으로 향한다는 소식이 전해졌다.

생각보다 빠르게 적들을 제압하고 남하하는 바올라 제국은 무서운 기세로 진군해 나갔다. 선전포고를 했고, 시간도 충분했을 텐데, 메이어 신성 제국에서는 이렇다 할 대비를 하지 못하고 연이어 패전하고 있다는 소식만이 들려올 뿐이다.

전선이 점점 멀어질수록 안심은 되었지만, 그것이 꼭 좋다고 말할 수 없었다. 보급을 담당하기로 한 자신의 영지가 고초를 치르게 된다는 소리이기 때문이다. 몰래 매복한 병력에 보급품을 잃으면 앞에서 싸우고 있는 병력들의 전투력에 큰 지장이 생긴다. 또한 보급품이 도달하기까지 시간이 더 오래 걸릴 수밖에 없었다.

전쟁에서는 보급이 최우선이다. 보급이 제때 오지 않는다면 현지에서 조달할 수밖에 없는데, 적군에게 도움이 될 것들을 모조리 불태우는 것이 병법의 기본이다. 메이어 신성 제국도 마찬가지였다. 영지민들이 피난을 가면서 마을을 완전히 불태우고 피난길을 떠났다고 한다.

메이어 신성 제국은 비상사태에 돌입했지만, 바올라 제국은 현재 치고 들어가는 상황이기 때문인지 자국의 영토는 평화롭기 그지없었다. 물론 전쟁에 대한 여파는 분명 있었다.

주변 영지에서는 방어 훈련을 했다. 언제든 적이 반격해 들어올 것을 대비해 방어 훈련을 철저히 하는 것이다. 또 어느 영지는 자신들이 투입될 것까지 생각해 공격 훈련도 병행하고 있었다.

마이셀 백작령의 경우 영지민들을 징집하지 않고, 그저 기초 훈련만 시키고 있었다. 적들이 쳐들어오면 언제든 민병대들을 조직할 수 있도록 영지민들에게 임무를 부여해 주었다.

다행이라면 자신의 고향을 지키기 위해 영지민들이 그

훈련에 동참하고 있다는 것이다. 발렌을 미워하는 영지민도 더러 있기는 하나, 자신들의 고향을 지키기 위한 일이니 그 훈련을 받는 것이다.

"크하! 역시 이곳의 특산주는 마셔도 마셔도 질리지 않는다니까."

포드가 술잔을 비우며 입술에 묻은 거품을 소매로 슥 닦았다. 발렌이 오랜만에 포드와 만나 같이 술을 마시고 있는 것이다. 이곳에는 이바나도 함께 있었다.

"포드 아저씨도 요즘 바쁘신 모양이네요."

"당연히 바쁘지. 요즘 잠도 부족할 지경이야. 그래도 내가 만든 무기가 이제 이 나라에 보급된다니 얼마나 뿌듯한지 몰라."

실린더와 실린건의 생산량이 늘어나면서 포드의 공방은 하루 종일 가동될 정도였다. 새벽이 깊어도 공방에 불이 꺼지지 않는다고 하니 얼마나 바쁘게 돌아가는지 알 만했다. 발렌도 포드가 바쁜 것을 알기에 일부러 찾아가지 않았기도 했다. 이번에 만난 것은 오랜만에 술 약속을 잡았기 때문이다. 이바나도 같이 동참해서 술을 마시고 있었다.

포드는 나베른 술을 마시다 호탕하게 웃으며 시선을 이바나에게로 향했다.

"그나저나 귀족 아가씨, 요즘 새로운 이비 스톤이나 새로운 마도구를 개발할 예정은 없나?"

이바나가 연탑주이든 뭐든 포드가 그녀를 부르는 호칭은 한결같았다. 이바나가 술잔을 내려놓고 어깨를 으쓱였다.

"요즘 제자들을 키우는 데 집중하고 있어서 뭔가를 만들 생각을 못하고 있네요."

"그런가? 뭔가 좋은 생각이 떠오르면 말해 줘. 그것을 어떻게 활용할지 내 기술을 결합시켜 최고의 마도구를 만들어 보자고!"

"물론이죠, 공방장님!"

이바나와 포드가 의기투합을 한다. 그 모습을 보고 발렌의 입가에 잔잔한 미소가 피어오른다. 그러다가 포드가 뭔가 떠올랐다는 듯 그에게 물었다.

"그런데 자네는 왜 이번에 참전하지 않았나? 아덴 공작을 단죄하고 싶지 않은 겐가?"

아덴 공작이 발렌을 죽이려고 했다는 소문은 이제 비밀도 아니었다. 모두가 다 아는 사실이다. 그렇기에 이번 전쟁에 발렌이 적극 참전할 거라고 생각했던 포드. 그러나 예상과 달리 발렌은 참전하지 않기로 결정하고, 영지에 남았다. 발렌은 그의 말을 듣고 씁쓸히 웃었다.

"싸우는 건 이제 지긋지긋하거든요."

영지의 문제도 있지만, 원한다면 발렌도 참전했을 것이

다. 그러나 그는 메이어 신성 제국의 원정에 참여하지 않기로 했다. 자신이 참전하면 악재가 겹치게 되어 임무에 지장이 생길지도 모른다. 차라리 자신이 이 영지에 있다면 악재가 겹치지 않게 될 테니 임무에 큰 지장이 없을 것이다.

원정군에는 남바른 공작가도 있으며 레딘도 함께하고 있다. 유능한 사람들이 모인 곳이고, 엘리즈도 있으니 이성적인 판단으로 전쟁을 이끌어 나갈 것이다.

"제가 참전하지 않겠다고 하니 몇몇 귀족들이 절 비방하던데, 제가 옳지 못한 선택을 한 걸까요?"

발렌의 조심스러운 질문.

포드와 이바나가 가만히 그를 바라보았다. 포드는 물론이고 지금까지 그래도 자주 얼굴을 마주친 이바나도 그가 그런 고민을 하고 있는지 전혀 몰랐다. 발렌이 남들을 의식하지 않는다지만 한 명의 영주로서 귀족들의 시선을 의식할 수밖에 없는 것이다.

'얘가 이런 고민을 하고 있었구나.'

이바나는 발렌이 그런 고민을 하고 있는지 전혀 눈치채지 못했다. 지금까지 자신에게도 말하지 않은 것을 이제야 말하는 것을 보아 약간 취기가 올라서 속내를 털어놓은 것 같았다. 포드는 뭘 그런 걸 고민하냐는 듯 그를 바라보며 말한다.

"명예든 부든 죽으면 다 필요 없는 법이야. 똥밭에 굴러도 차라리 살아 있는 게 낫지. 이 나라 귀족들이 목숨보다 명예를 더 중요하게 여긴다는 건 알고 있지만, 죽으면 그게 다 무슨 소용이야. 불명예를 얻는다 해도 차라리 목숨을 부지하는 게 낫지."

이바나도 옆에서 거들어 주었다.

"공방장님의 말씀이 맞아. 게다가 넌 이미 지금까지 최선을 다했잖아. 널 비방하는 귀족들은 시기와 질투 때문에 그런 거니까 신경 쓰지 않아도 돼. 어차피 어떻게 해도 뒤에서 뭐라고 할 자들이니까. 네 면전에서 대놓고 말할 용기도 없는 놈들이니 신경 쓰지 마."

속 시원하지는 않지만, 그래도 자신을 옆에서 보듬어 주는 사람이 있다는 것에 그의 입가에 미소가 피어올랐다.

"죄송해요. 제가 좀 취했나 보네요."

"뭘 그런 걸 가지고 죄송할 것까지야. 원래 다들 하나씩 고민이 있는 법이잖나. 젊은 친구는 생각보다 많은 짐을 안고 있으면서도 그걸 아무 말 없이 견디고 있지 않은가."

발렌의 자세한 사정은 모르지만 그에게서 느껴지는 짐은 결코 작은 것이 아님을 알게 모르게 느끼고 있는 포드. 그가 무슨 짐을 안고 있는지는 모르지만 하루 빨리 그것을 털길 바라고 있었다.

"드워프의 속담에는 이런 말이 있지."

포드가 갑자기 자리에서 일어난다. 의자 위에 일어서서 허리에 손을 짚으며 선 그가 씩 웃는다.

"술에 모든 걸 털어놓고 배출하라."

"그게 무슨 뜻이에요?"

"모든 고민을 술과 함께 토할 때까지 마시라는 뜻이야."

"그거 포드 아저씨가 지금 지어낸 거 아니에요? 그러고 보니 술잔이 빈 것 같네요."

"이런 들켰나? 좀 더 사 주면 안 되나?"

참고로 이번에 술값을 계산하기로 한 것은 발렌이었다. 포드의 말에 발렌과 이바나가 웃었다. 분위기가 다소 풀어지자 그가 헛기침을 한다.

"자, 한 번 건배를 해 볼까? 드워필리지에서는 야만족들과 전투가 벌어진다는 소문이 들리면 승리를 기원하며 건배를 하지. 이건 지어낸 이야기가 아니라 진실이야."

포드가 의자 위에 서서 잔을 들어 올린다.

"바올라 제국의 승리를 위하여, 바올라 제국의 안녕을 위하여, 젊은 친구의 평안을 위하여 건배."

"위하여!"

이바나가 과장스럽게 반응해 준다. 발렌이 그 모습을 보고 피식 웃으며 그들과 술잔을 부딪쳤다. 자신을 위해 이렇게까지 해 주는 것만으로도 매우 고마웠다.

자신을 위해 축복을 빌어 주자 어느 정도 마음에 위안이 되는 것 같았다. 그러나 발렌은 아직까지 몰랐다. 앞으로 그에게 상상도 하지 못할 거대한 운명이 들이닥치게 될 것임을…….

*　　　*　　　*

메이어 신성 제국에 들어온 지 약 한 달이 지났다.

레텝 성이 눈에 들어온다. 레텝 성은 아덴 공작의 별장이 있는 곳이며 메이어 신성 제국의 관광 명소이기도 했다. 한데 그런 레텝 성 주변에는 묘한 위화감이 감돌고 있었다.

"뭔가 이상하네요."

엘리즈는 지금까지 두 번의 공성전을 펼쳤지만, 지금은 뭔가 이상하다는 것을 느꼈다. 눈앞에 보이는 레텝 성은 분위기가 달랐다.

"성벽 위에 아무도 없고, 성문이 개방되어 있다니. 이게 뭐죠?"

자신들이 왔다는 것을 알고 있다면 성문을 굳게 닫고 방어 태세를 갖춰야 정상이건만, 저쪽에서는 그런 것이 전혀 보이지 않았다. 성벽 위에는 아덴 공작가를 상징하는 깃발만이 펄럭이고 있었다.

"성을 버리고 간 것이거나, 항복을 하려는 것으로 보입니다."

엘리즈는 그 얘기를 쉽게 믿을 수 없었다. 지금까지 전해들은 바로는, 싸우지도 않고 항복을 하는 것은 아덴 공작답지 않은 행동이다. 아덴 공작은 전투에서 절대 물러서지 않는다고 들었다.

"혹시 모르니 정찰병들을 보내 상황을 알아보도록 하세요. 아덴 공작이 무슨 계략을 꾸미고 있을지 모르니까요."

"예, 황제 폐하."

엘리즈는 신중하게 생각해 일단 성 내부를 확실하게 확인해 보도록 명했다. 그녀의 명령이 떨어지자, 남바른 공작이 정찰병들을 보냈다. 약 30분 후, 성 안으로 들어가 본 정찰병들이 되돌아와 보고했다.

"보고 드립니다, 황제 폐하. 성에 들어가 확인해본 결과, 적들이 전혀 보이지 않습니다."

"그게 무슨 소리죠? 아덴 공작이 성을 버리고 갔다고요?"

"예, 성에 거주하는 사람들에게 물어보니 며칠 전에 성에 주둔해 있던 병력이 서쪽으로 이동했다고 합니다."

그 보고를 듣고 남바른 공작은 맥이 빠진다는 표정이었

지만, 그래도 현 상황에 만족해했다. 무혈입성이다. 피 한 방울 흘리지 않고 성을 점령하는 것은 매우 좋은 일이다. 아무래도 수성을 하는 쪽이 좀 더 유리하니 공성을 하는 입장에서는 피해를 많이 볼 수밖에 없다. 피해를 입지 않고 성을 점령하는 것은 크나큰 이득이다.

'병사들에게 이 사실을 알려야겠군.'

아덴 공작이 성을 버리고 도망갔다고 하면 병사들의 사기가 오를 것이다. 또한 자신감을 얻을 것이고, 이는 곧 있을 전투에도 크게 작용할 것이다.

피 한 방울 흘리지 않고 입성할 수 있다는 것은 직접 전투에 참여하는 병사들에게 있어 희소식이었다. 또한 따뜻한 음식과 잠자리를 가질 수 있는 것도 컸다. 그간 맛없는 식사를 하고 차가운 땅바닥에서 야영을 해야 했던 병사들에게 큰 위안이 될 것이다.

엘리즈는 이틀 정도 머무르기로 결정하고, 병사들에게 편하게 휴식을 취하고 레텝 성의 치안을 유지할 수 있도록 명했다. 레텝 성 내부의 백성들은 바올라 제국군을 두려워하는 눈빛으로 바라보며 해코지를 하지 않을까 경계하고 있다고 한다. 타국의 군대가 들어와 있으니 그들이 두려워하는 것도 당연한 것이다.

레텝 성이 함락하고 성내에서 이틀 간 머무른다고 하자, 병사들은 이미 피난을 떠난 거주지에 들어가 휴식을 취했다. 몇 달 간 맨 바닥에서 지내다 보니 아무리 자도 피곤했는데, 이제 제대로 잠자리다운 잠자리가 마련되니 다들 웃음꽃이 피었다.

그리고 귀족의 저택으로 보이는 곳에 들어온 소대가 있었다. 병사 생활을 하기 전에도 평범한 일반 가정집에 살던 병사들은 귀족의 저택에 들어오자 입을 벌리며 넋을 놓고 있었다. 크기도 크기지만, 그 분위기가 그들을 압도하고 있었다.

"내가 살면서 귀족의 저택에 들어와 잠을 자 볼 줄이야. 운이 정말 좋은 걸?"

방마다 쓰임새는 다르지만 많은 방들 중 대다수에 침대가 있었다. 시종들이 머무르는 곳으로 보이는 방이 꽤 있어 한 소대가 머물러도 방이 남을 것 같았다.

"중대장님과 공작 전하께 감사하도록. 우리 소대가 가장 고생했다며 중대장님과 공작 전하께서 이곳에 지내도 된다고 허락하셨으니까. 그리고 공작 전하께서 오늘만 특별히 우리 중대에 술과 고기를 하사하겠다고 하셨다."

그간 전쟁을 하며 술을 입에 한 번도 대지 못한 병사들이 환호성을 질렀다. 그 모습을 보며 소대장이 피식 웃었다. 전쟁에 지친 그들에게 술은 큰 위안이 될 것이다.

"그 전에 주방에 남아 있는 식기를 찾도록. 귀족의 저택이니 식기가 넘치겠지."

소대장의 명령에 소대가 즉시 움직여 주방을 찾은 뒤 잘 보관되어 있는 식기들을 옮기기 시작했다. 식기를 분주하게 옮기는 와중 한 병사가 서랍 속에 있는 식기들을 보고 눈을 휘둥그레 떴다. 그 병사가 발견한 식기는 평범한 것이 아니기 때문이다.

"이건 은제잖아?!"

한 어린 병사가 은제 포크를 들어 올렸다. 진짜 은이다. 그리고 이런 은제가 서랍에 가득 쌓여 있는 것을 보고 눈을 빛냈다. 아직 스무 살도 채 안 된 어린 병사. 징집되어 온 게 아니라, 자신의 다부진 체격과 체력을 믿고 자발적으로 군에 입대해 병사가 된 이였다.

어린 병사는 침을 꼴깍 삼키며 은제 식기를 가만히 바라보았다. 아무래도 이 저택 주인이 피난을 하면서 미처 챙기지 못한 것 같았다. 이걸 팔기만 하면 크게 한몫 벌 수 있다는 생각에 손을 뻗으며 하나를 몰래 주머니에 넣으려고 하던 때였다. 그 옆에 있던 삼촌뻘의 병사, 트레버가 그의 팔을 붙잡았다.

트레버는 용병으로 지내다가 뒤늦게 병사로 들어왔기에 어린 병사와 동기였다. 나이 차가 좀 되어 친구처럼 지내지는 못하지만, 삼촌과 조카처럼 지내고 있었다.

"아서라, 체프. 황제 폐하께서 1실링이라도 훔쳤다가는 처벌을 내린다고 하셨으니까. 소문으로는 모든 분대마다 감시관이 숨어 있다고 하니 조심하는 게 좋아."

소문일 뿐이지만, 많은 병사들이 실제로 징계를 받았다. 그리고 감시관이 없다고 하더라도 감사가 자주 찾아와 모든 병사들의 소지품을 낱낱이 검사한다. 은제 포크에 손을 뻗던 체프가 아쉬움이 가득한 표정을 짓더니 이내 손을 거뒀다.

"끙…… 정말 아까운데."

체프는 아쉬운 마음을 뒤로한 채, 서랍을 닫았다. 한몫을 챙기려 했다가 징계를 당하면 가정이 힘들어진다. 징계를 받으면 진급도 힘들어지고, 조기 퇴역을 당할 수도 있었다. 입대한 지 얼마 되지 않았는데 벌써 징계를 받을 수 없는 노릇이다.

결국 그는 미련을 버리기로 했다. 그렇게 식기를 모두 저택 밖의 정원에 옮겼다. 다른 분대에서는 고기를 구울 장작을 챙겨 왔고, 벌써 고기와 술이 도착했는지, 고기를 굽고 있었다.

침을 꼴깍 삼키며 그 모습을 지켜보는 병사들. 오랜만에 고기로 배를 채울 수 있다고 생각하니 다들 고기가 구워지는 모닥불에서 눈을 떼지 못했다. 식기를 옮기던 병사들도 그 근처에 앉아 그 모습을 가만히 지켜보는데, 저택 밖에서 누군가가 서 있는 모습을 발견했다. 낡고 허름한 옷을 입은 어린 소녀였다. 이제 사춘기에 접어들었을까. 옆에 앉아 있던 트레버가 체프가 바라보고 있는 어린 소녀를 목격하고 그의 머리를 세게 후려쳤다.

"인마, 혈기왕성한 때라도 저런 어린 소녀한테 그런 생각 품는 거 아니야."

"그런 생각이라니요! 저 그런 적 없거든요?!"

"네 눈이 너무 엉큼하잖아!"

"고향에 있는 동생이랑 또래로 보여서 동생 생각하며 바라보고 있는 게 엉큼한 건가요?"

투덜대며 대꾸하는 그의 말에 주변이 일제히 조용해졌다. 체프는 순간 아차 했다. 이곳에 있는 자들은 모두 자신과 같은 처지다. 전쟁이 일어나 메이어 신성 제국으로 오면서 몇 달째 타국에서 고생을 하고 있다.

가족들을 못 본 지 다들 오래되었다. 당연히 다들 고향을 그리워하고 있었다. 대부분 고생을 하기에 가족을 생각하면 눈물을 자아내는 경우도 섭섭지 않게 있다. 그 때문에 이 소대에서는 가족에 대한 얘기를 아끼는 편이다.

"고맙다. 분위기 다 죽여 줘서."

"……이게 다 아저씨 때문이에요."

체프가 입을 삐죽 내밀며 고개를 숙인다. 소대장은 소녀를 가만히 바라보다가 어깨를 으쓱였다.

"뭐, 민간인 한 명 정도는 괜찮겠지. 데리고 와도 좋다. 단, 이곳에 있는 동안 저 소녀를 네가 도맡아서 챙겨라. 그리고 사고치지 말고, 해코지하지도 말 것."

"그런 짓 안 합니다, 소대장님."

체프의 반응에 다들 하하 웃고, 체프가 소녀에게로 다가간다.

"너도 와서 먹을래?"

소녀가 고개를 끄덕이며 다가온다. 병사들은 그 소녀를 보고 고향에 있는 자신의 딸들을 생각했다. 체프는 그 소녀를 보며 자신의 동생을 생각하고 있었다. 소녀가 근처에 앉고, 고기를 건네주었다.

"어서 먹으렴. 맛있게 구워졌단다."

소녀가 오랫동안 굶주린 듯이 허겁지겁 고기를 먹었다.

"체하겠다. 누가 안 뺏어 먹으니까 천천히 먹어."

체프가 소녀에게 물을 건네주었다. 소녀는 물을 마시며

고기를 먹어 치웠다. 그 모습을 보고 병사들이 흐뭇하게 웃었다.

"먹는 모습만 봐도 배부른걸?"

"내 딸도 저렇게 잘 좀 먹었으면 좋겠는데 말이야."

가족에 대한 얘기를 하는데도 분위기가 좋았다. 그 소녀를 보고 다들 웃음꽃이 피었다. 병사들은 술잔을 기울이며 즐겁게 대화하며 고기와 술을 즐기고 있었다. 체프는 소녀가 배불리 고기를 먹자 늦게나마 이름을 물었다.

"난 체프라고 해. 이름이 뭐니?"

"메비아."

"메비아. 예쁜 이름이구나. 그런데 여긴 어쩐 일로 왔니?"

"체프, 작업 거는 거면 우리가 빠져 주랴?"

"아니라니까요!"

체프의 반응이 너무 과장스러워 다들 껄껄 웃었다. 메비아가 그 말에 대답해 주었다.

"그게…… 할 일이 있어서……."

"할 일?"

체프가 고개를 갸웃거렸다. 이 저택에서 일하던 아이였나 그런 생각도 해 본다. 메비아는 고개를 주억이며 돌연 자신의 상의를 붙잡았다. 뭘 하려는 건지 다들 가만히 바라보고 있는데, 갑자기 위로 올려 옷을 훌렁 벗어 버렸다.

"어이쿠!"

병사들이 시선을 회피했다. 갑작스러운 일에 깜짝 놀라 시선을 돌린 병사들. 그리고 그 때문에 그들은 소녀의 몸을 자세히 보지 못했다. 소녀의 몸에는 마법진이 새겨져 빛을 내고 있다는 것을. 그리고 그 직후……

콰아아앙!

거대한 폭발이 저택의 정원을 휩쓸었다.

*　　　*　　　*

이튿날. 아덴 공작의 별장에 머물렀던 엘리즈에게 긴급 보고가 들어왔다. 남바른 공작이 그 소식을 듣자마자 그녀에게 보고했다.

"황제 폐하, 하룻밤 사이에 90명이 기습을 당해 전사하고, 10명이 중태입니다. 몇몇 생산 건물이 불에 타 쓸 수 없게 되었습니다."

"기습이라니요? 적들이 성 내에 남아 있었던 건가요?"

엘리즈가 깜짝 놀라며 묻자, 남바른 공작이 자신이 들은 내용을 보고했다.

"몇몇 병사들이 수상쩍은 자들이 몰래 아군이 들어간 건물에 불을 지르는 것을 목격했다고 합니다. 또 충격적인 내용이 하나 더 있는데……."

남바른 공작이 말하기 꺼려하는 듯 침묵을 지켰다. 엘리즈가 어서 말해 보라는 듯 바라보자 그가 조심스럽게 입을 열었다.

"……어린아이들, 주로 소녀들을 이용해 아군을 방심시키고, 그 틈에 자폭했다고 합니다."

"뭐라고요?"

엘리즈는 믿을 수 없다는 듯 그를 바라보았다.

"그 아이들의 몸에 룬을 새겨 놓았다고 합니다. 다행히 그중 한 아이는 불발이어서 살아남은 병사들을 통해 이 사실을 알 수 있었습니다만, 병사들 사이에서 공포가 확산되었습니다."

언제 누가 폭발을 일으킬지 모르니 공포감이 생길 수밖에 없을 것이다. 길거리를 지나다가 갑자기 폭발이 일어나 휩쓸릴 수도 있으니 말이다.

"어떤 이들이 자신과 가족들에게 돈을 쥐여 주며 이 일을 시켰다고 합니다. 그중 누군가는 이 일을 거부했다가 살해되었다고 합니다."

어린아이들에게 그런 가혹한 일을 시키다니. 듣고도 믿지 못할 일이다.

"이 일을 벌인 것이 아덴 공작인지, 아니면 이 성에 거주하는 마법사들인지 확인되지 않았습니다."

"도저히 용서할 수 없는 일이군요. 어린아이들을 도구처럼 전쟁에 사용하다니."

도저히 상식적으로 이해할 수 없었다. 그리고 지금까지 들어 본 적이 없었다.

"아덴 공작을 단죄해야 할 이유가 하나 더 생겼습니다."

"예, 절대로 용납할 수 없는 일입니다. 그는 독실한 알테미아교의 신자라고 들었지만, 만일 이 일을 벌인 주동자라면 절대 용납할 수 없습니다."

반드시 그에게 죄를 물려 재판을 받게 할 생각으로 가득해진 엘리즈. 남바른 공작도 똑같이 이 일에 분노했다. 그러나 아직 보고는 끝나지 않았다. 남바른 공작은 화를 식힌 후에 다시 보고 했다.

"또한 하룻밤 사이에 우물에 흙을 채워 쓰지 못하게 만들어 버리고, 독을 푼 것도 확인되었습니다."

아덴 공작은 젊은 날 잦은 영지전과 타국과의 전쟁으로 인해 전투에 이골이 난 자이다. 그리고 이는 아덴 공작이 자주 펼치는 전술이었다.

"우리에게 도움이 되는 건 조금이라도 쓰지 못하게 하려고 병사들을 위장시켜 놓은 모양이군요."

"예. 현재 일반 백성들로 위장한 공작측 병사 세 명을 잡아 심문하고 있습니다. 얼마나 더 남아 있는지, 앞으로 그들의 목적이 뭔지 알아내고는 있으나 입을 열지 않아 난황을 겪고 있습니다."

골치 아픈 일이다. 일반 백성으로 위장했다면 그들을 분간하기 쉽지 않아 체포하거나 사전에 저지하는 것도 힘들 것이다.

"레텝 성은 앞으로 우리의 주요 보급로가 될 겁니다. 아덴 공작이라면 이 성이 얼마나 중요한지 알겠지요."

"그 중요한 성을 수성하지 않고 도망친 것이 의아합니다만, 황제 폐하의 말씀이 맞습니다. 우리가 다시 진군을 한 이후로도 활용할 수 있도록 치안을 유지토록 하겠습니다."

*   *   *

야테스 성. 아덴 공작이 거주하는 저택이 위치한 곳이며 동부 영지의 중심지이기도 한 곳이다.

전략적 요충지인 야테스 성에 대다수의 병력이 도착했다. 그 수가 무려 15만. 한 나라의 군사력과 맞먹을 정도로 어마어마한 수이다. 이 많은 병력이 전부 아덴 공작령에서만 나온 병사들이다.

"적들의 수는 60만이 넘는다. 그리고 그들은 여섯 군단으로 쪼개 여러 방향으로 진군, 아국의 영토를 유린하고 있다. 하나 그들은 이 전쟁에서 이기지 못할 것이다."

아덴 공작이 출정식에서 병사들에게 소리친다. 마나를 실은 그의 목소리가 광장을 가득 메운 병사들의 귀에 파고들었다.

"그들이 우릴 이기지 못하는 이유는 단 하나, 바로 우리의 영토에 깊숙이 들어왔다는 것이다. 그리고 이곳은 나의 영지, 아덴 공작령이다. 저들은 날 어떻게든 하고자 하겠으나, 결코 쉬운 일이 아님을 깨닫게 될 것이다. 이제 적들은 진군이 아닌 후퇴만 하게 될 것이며 점점 밀려 자신들의 영토가 우리에게 당하는 꼴을 보게 될 것이다."

아덴 공작은 이 전쟁에서 이기겠다는 자신감 가득한 목소리였다.

모든 이들이 아덴 공작을 바라보면서 그의 자신감이 결코 헛된 것이 아님을 알고 있었다. 성기사들과 몽크들도 그의 연설을 가만히 지켜보고 있었다. 그들의 마음속은 아덴 공작처럼 자신감으로 가득 찼다.

"바질 녀석들에게 우리의 힘을 보여 줄 때가 되었다."

모든 이들의 눈이 번들거린다. 그의 연설은 병사들의 마음을 뒤흔드는 무언가가 있었다.

"감히 알테미아님께 선택받은 이 신성한 땅을 유린한 저들에게 우리의 힘을 보여 줄 때다. 현 시간부로 출정하여 대대적인 반격을 시작한다. 저들에게 메이어 신성 제국의 힘이 무엇인지 똑똑히 보여 줄 수 있도록 하자!"

 그의 연설과 함께 함성이 광장 가득 울려 퍼졌다.

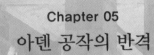

Chapter 05
아덴 공작의 반격

아덴 공작은 아루스 황제와 함께 당대 최고의 명장으로 손꼽히며 여러 번의 패배를 맛보며 그것을 답습하고 배워 나가 전쟁에서 이기는 명장이 되었다. 아덴 공작의 전술이 이미 시작되었다는 것을 모르고 메이어 신성 제국 깊숙이 발을 딛게 된 엘리즈 황제는 위기에 봉착하게 되었다.

— 『천년 제국 바올라 2부』127p—

*　　　*　　　*

엘리즈의 군단은 야테스 성으로 진군하기로 결정했다. 이미 엄청난 기세로 남하하는 바올라 제국군을 막을 수 없었다.

"야테스 성은 지키려는 모양이군요."

야테스 성이 눈앞에 보인다. 아덴 공작가의 깃발이 성벽 위에 펄럭이고 있었다.

"야테스 성은 아덴 공작의 저택이 있는 곳입니다. 분명 목숨을 걸고서라도 사수하려 할 겁니다."

"야테스 성의 병력은 얼마나 되죠?"

"아쉽게도 그에 대한 정보가 없습니다."

첩자를 심어 알아내려고 했지만, 보고 내용은 전혀 도달하지 못하고 있었다. 첩자들이 모두 붙잡힌 것이리라. 그 때문에 야테스 성에 대해 아무것도 모른다고 하는 게 맞는 표현일 것이다.

"성을 지키는 병력들의 수가 얼마나 되는지는 모르지만, 병력을 모두 집결시켰다면 그 수가 2~3만은 족히 되리라 판단됩니다."

그것도 결코 적은 수는 아니다. 수성하는 입장에서 그 정도 숫자만 되어도 대군을 막을 수 있기 때문이다.

"힘든 전투가 되겠군요."

남바른 공작이 고개를 주억였다.

"예. 가장 치열한 전투가 될 겁니다. 하지만 아덴 공작을 단죄할 수 있는 기회입니다."

저기에 아덴 공작이 있을 것이라고 남바른 공작이 확신에 차 말한다. 엘리즈가 고개를 주억였다. 이 전쟁의 명분은 아덴 공작을 단죄하는 것. 그를 처리하기만 한다면 이 전쟁도 이제 끝이다. 메이어 신성 제국이 후에 어떻게 나올지 모르겠지만, 협상에 나오도록 유도할 것이다.

"야테스 성을 포위하고, 공격 명령이 떨어질 때까지 순찰을 강화할 수 있도록 하세요."

"명을 받들겠습니다."

*　　　*　　　*

약 두 달이 넘어서야 아덴 공작이 있을 야테스 성을 포위한 엘리즈의 병력. 승리를 다짐하며 아덴 공작을 단죄할 수 있다는 기대에 흥분한 전장과 달리, 마이셀 백작령은 평화로웠다.

실린더와 실린건 훈련을 마친 병사들은 전장으로 투입되기 위해 대기하는 중이었다. 장교들은 실린더를 착용하고 있고, 사병들은 실린건으로 무장한 채 늠름하게 서 있었다. 징집된 평범한 농민도 이 훈련으로 완전히 한 명의 병사가

다 되었다.

"영주님, 백 명의 병사가 도착했습니다."

후방에 빠져 있던 백 명의 병사가 마이셀 백작령에 당도했다는 보고를 들은 발렌이 피곤한 얼굴로 고개를 주억였다.

전쟁이 터지니 일거리가 산더미다. 평시에는 그리 많지 않았는데, 전시가 되니 업무량이 살인적이다. 메이어 신성 제국의 성을 점령하면 할수록 그 업무가 늘어나고 있었다. 전장의 상황이 어떻게 돌아가는지 보고가 쏟아지기에 항상 주시하고 있어야 했기 때문이다.

"그 건은 엔더크 자작이 처리해 주세요."

"예, 영주님."

엔더크 자작은 그를 안쓰러운 눈으로 바라보았다. 업무가 쌓여 있는 것을 보고 어찌 안쓰럽지 않을 수 있겠는가. 한때 영지를 다스렸던 엔더크 자작은 발렌이 얼마나 바쁜지 한눈에 봐도 알 수 있었다. 벨루나 자작과 샤란이 그의 업무를 도와주고는 있지만, 그래도 엄청난 양인 것은 확실하다.

그의 옆에 쌓여 있는 서류량만 봐도 하루 업무량이 얼마나 되는지 짐작할 만하다. 이것도 모자라 마이셀 학교에서 학생들을 가르치는 날에는 없는 시간을 쪼개고 잠을 적게 자며 일하고 있다. 한 번쯤 불평불만을 할 법도 한데, 발렌은 그런 것이 전혀 없었다. 다행히 오늘은 학생들을 가르치는 날이 아니어서 업무에 집중할 수 있지만, 쉴 수 없는 것은 매한가지다.

"영주님. 일도 중요하지만, 좀 쉬어 가면서 하시는 게 어떻겠습니까?"

오죽하면 엔더크 자작이 휴식을 권장하는 편이다. 발렌은 괜찮다는 듯 웃으며 고개를 저었다.

"이것만 끝내고요. 나머지는 벨루나 자작이 하겠다고 했으니 염려하지 마세요."

벨루나 자작도 발렌이 하는 업무량이 많아 일부를 맡아서 하겠다고 했다. 영주의 결재가 필요한 것도 있지만, 따로 빼 놓으면 그만이었다.

"알겠습니다. 하지만 너무 무리하지는 마십시오."

"고마워요, 엔더크 자작. 참, 그리고 돌아가는 길에 어머니께 여섯 명의 식사를 추가로 부탁드려 주세요."

"누가 찾아옵니까?"

"이바나 씨와 어린 연금술사들과 함께 점심 식사를 여기서 하기로 했거든요. 어제 말씀드려야 했는데, 깜빡했네요."

아이들이 너무 기특해 소원을 들어주기로 했는데, 그 소원이 발렌의 저택을 구경하는 것이었다. 성 외곽 판자촌에서 지내던 아이들이기에 귀족의 저택을 구경하는 것이 꿈이었던 모양이다.

그 기분을 발렌도 십분 이해하기에 그 소원을 들어주면서 같이 식사를 하기로 했다. 쉽게 승낙한 이유에는 이번에 연금술사가 된 아이들 중에 레이나가 이곳에 정착하고 친구가 된 아이도 있었기 때문이다.

"알겠습니다. 샤란 님께 말씀드리도록 하겠습니다."

"어머니는 뒤뜰 화단에 계실 거예요."

샤란은 일이 없을 때는 뒤뜰 화단을 가꾼다. 일종의 취미였다. 듣자 하니 옛날부터 꽃을 가꾸는 걸 좋아했다고 메튜에게 들었다. 잡화점을 운영하고, 그의 집이 화단을 가꿀 만한 공간이 없어서 못했을 뿐이다.

아직 꽃이 필 계절은 아니지만, 저택 뒤는 화단이 있었으며 꽃이 피어 있었다. 세기어 왕국에서 일 년 내내 감자를 먹을 수 있도록 실내를 따뜻하게 만드는 것을 이곳에서도 적용했기 때문이다.

포드가 가끔 저택에 찾아오면 뭔가를 만들어 주고는 했는데, 그것 중 하나가 실내 화단이었다. 덕분에 샤란은 일 년 내내 화단을 가꿀 수 있었다. 가끔 마음을 안정시키고자 할 때 발렌도 그 화단을 찾아가기도 했다.

오늘도 찾아가서 마음을 안정시켜 볼까 생각하던 찰나였다.

"영주님. 급보입니다."

한 마법사가 집무실에 발렌을 찾아왔다.

*　　*　　*

한편 그 시각. 지루한 공방전이 계속되고 있었다. 야테스 성은 함락될 기세가 없어 보였다. 벌써 세 번째 공격 시도이건만, 아무런 성과가 없었다.

"적들의 저항이 만만치 않습니다, 황제 폐하."

"목숨을 걸고 사수하려는 것은 이미 짐작한 것이죠. 문제는 성벽을 쉽게 허물 수 없다는 건데……."

예상치 못하게 레텝 성의 성벽이 너무도 단단한 까닭에 많은 마정석 가루를 소모해야 했다. 대형 실린더를 사용하지 못한다는 게 너무도 컸다. 다음 보급품이 도착할 때까지 대형 실린더는 사용을 못했다.

"야테스 성을 점령하는 건 얼마나 걸릴 거라 예상합니까, 남바른 공작?"

그녀의 질문에 남바른 공작이 대답했다.

"정보가 있다면 어느 정도 추측할 수는 있으나, 그것조

차 그저 추측일 뿐 현실은 다를 수 있습니다. 아무것도 알 수 없는 지금은 확실하게 말씀드릴 수 있는 것이 아니라 판단됩니다. 적들의 수가 얼마인지, 비축한 식량이 얼마나 되는지, 자급자족이 되는지, 무기가 얼마나 있는지. 저희들이 저들에 대해 아는 바가 전혀 없어 확실히 말씀드릴 수 없습니다."

반대로 적들도 이곳의 상황을 전혀 모르고 있다. 서로 아는 바가 없기에 신중해질 수밖에 없었다. 엘리즈는 알겠다는 듯 고개를 주억였다.

성벽만 허물기만 하면 될 텐데, 그게 또 쉽지 않다. 메이어 신성 제국은 동쪽으로 영토를 넓히면서 축성술을 발달시켜 왔다. 축성에 관해서는 그 어떤 나라보다 튼튼하다고 할 수 있다. 이미 진즉에 무너졌을 성벽이 쉽게 무너지지 않는 것도 다 그 이유였다.

"일단 다음 보급을 기다리도록 하죠. 대형 실린더를 사용할 수 있게 될 때까지 야테스 성을 계속 포위하도록 합니다."

"예, 황제 폐하."

남바른 공작이 고개를 숙였다. 엘리즈가 막사에 들어가고 어떻게 작전을 펼칠 것인지 토의하려고 할 때였다.

"황제 폐하!"

전령이 엘리즈를 부르며 뛰어오고 있었다. 전령이 그녀 앞에 무릎을 꿇었다.

"아덴 공작에게 속았습니다."

"그게 무슨 소리죠?"

"아덴 공작은 야테스 성에 없습니다. 그가 야전에서 아 군을 교란하고 있다고 보고가 왔습니다. 각 성에 있던 병력 들은 빠져나와 깊은 숲에 매복해 있다가 기습을 해 와 제대 로 교전을 펼치지 못하고 성들이 함락되었습니다!"

전령이 긴급히 보고로 그 사실을 알려 왔다. 엘리즈가 성 에서 주둔하고 있던 병력들의 상태를 물었다.

"성에 남아 있던 아군은요?"

"대다수가 용맹하게 싸우다 전사하고, 포로로 잡힌 이들 은 한 명도 남김없이 처형되었다고 합니다. 살아 돌아온 이 는 고작 기사 두 명이 전부입니다."

두 명. 엘리즈는 놀랄 수밖에 없었다. 성에 주둔해서 지 키고 있던 이들이 패한 것도 모자라 단 두 명만 살아서 돌 아올 줄이야. 성에 주둔해 있던 병사들의 수가 최소 5,000 명에서 10,000명 사이라는 것을 생각한다면 뼈아픈 손실 이 아닐 수 없었다.

그 얘기를 듣자 남바른 공작이 즉시 지도를 펼쳤다. 점령 당한 성들을 확인하고, 현재 아군의 상황을 낱낱이 보고를 받은 그는 깊게 침음했다.

"황제 폐하, 보급로가 완전히 차단되었습니다. 이곳에서 계속 포위를 할 수 없습니다. 서둘러 적들의 포위망을 벗어나야 합니다."

"적들의 수는 우리보다 적다고 들었습니다. 한데 아군은 뭘 하고 있는 거죠?"

수적으로 바올라 제국군이 4배 정도 더 많다. 여러 군단으로 쪼개졌다고 해도 그 수는 감히 무시하지 못한다. 그런데도 이렇게 일방적으로 밀리고 있다는 것이 도무지 이해할 수 없었다.

"아덴 공작의 전술에 당해 버렸다고 합니다. 중기병으로 무장한 아군의 이동속도가 느리다는 것을 이용, 뒤로 유인해 중간에 틈이 생긴 그 즉시 진입하여 전열을 무너뜨리고 쑥대밭으로 만들었다고 합니다."

바올라 제국의 기병들은 대부분 중기병이다. 아덴 공작은 중기병들의 전술이 돌격밖에 없다는 것을 알고 그들을 유인하고, 매복한 병력으로 하여금 적들의 진영을 급습한 것이다. 중기병은 경기병의 속도를 따라잡지 못하고 함정에 걸려 고립된 상태로 있다가 전멸을 당한 것이다.

"아덴 공작의 병력은 아국보다 수가 적지만, 그들은 자신들이 잘 아는 지리와 기습으로 아군을 괴롭히고 있다고 합니다. 보급로를 지키던 제4군은 적들의 함정에 걸려 괴멸했고, 제5군 소속 병력은 손도 못 써 보고 절반의 피해를 입었다고 합니다."

"뭐라고요?!"

엘리즈가 생각한 것보다 피해가 엄청났다. 괴멸이라니! 상상도 못했던 일이기에 그녀가 놀랄 수밖에 없었다.

"협곡에 매복한 적들의 공격을 피해 달아나다가 수공(水攻)을 당해 괴멸했습니다. 그리고 그나마 살아 있던 병사들은 지칠 대로 지치고, 사기가 꺾인 채로 공격당했다고 합니다."

매복과 수공을 동시에 펼치다니. 이중으로 함정을 깔아 두고 피해를 입힌 것이다. 첫 공격에 아군을 혼란에 빠뜨리고, 두 번째 공격에서 병력에 피해를 주면서 사기를 완전히 꺾어 버리며, 그 후에 직접적으로 공격하여 다수의 피해를 입힌 것이다. 여기에 제5군도 절반의 피해를 입었다고 한다. 10만이 넘는 병력이 절반의 피해를 입었다는 건…… 최소 5만의 피해를 입었다는 뜻이다. 그 이상의 피해를 입었을 가능성도 염두에 두어야 했다.

'모두 합치면……'

20만이 넘는 병력이 아무것도 해 보지 못하고 당했다는 뜻이다.

"그렇다면 적들도 피해가 꽤 되었으리라 보는데요? 아군이 정말 아무것도 못 해본 건가요?"

"적들의 피해는 1,000명이 채 되지 않는다고 파악하고 있습니다."

"……."

엘리즈가 입을 완전히 다물었다. 그녀의 얼굴에 어둠이 짙게 내려앉았다. 적들에 비해 이쪽의 피해는 말 못할 정도로 어마어마했기 때문이다. 저들은 건재한데, 이쪽의 피해는 상상 이상이다.

"아덴 공작…… 그가 왜 명장이라 불리는지 알 것 같군요."

현 시대에 대륙에서 가장 유명한 명장이라고 평가받는 사람이라 하면 지금은 사라진 아루스와 적으로 마주한 아덴 공작이다. 그는 모든 나라에서 뛰어난 지휘관이라고 불리는데, 이제야 그 이유를 알 것 같았다. 그는 철저한 사람이다. 사전에 미리 준비하고 적절한 시기에 공격을 하여 자신에게 유리한 싸움을 한 것이다.

"아덴 공작도 뛰어난 지휘관입니다만, 그의 병사들도 평범한 자들이 아닙니다."

남바른 공작의 말이었다. 그녀가 수심 가득한 얼굴로 그를 바라보며 물었다.

"평범한 자들이 아니라면 무엇이라는 말이죠?"

"한 명 한 명이 광신도라고 보면 됩니다. 메이어 신성 제국을 향한 광신적인 믿음이 일반 병사들에게 뿌리 깊게 남아 있습니다. 특히 수많은 성녀와 성기사를 배출한 아덴 공작가는 그것이 더욱 심합니다. 징집된 자들은 그 믿음이 덜하나 우리의 생각으로는 광신도나 마찬가지입니다. 메이어 신성 제국의 알테미아교는 죽음을 통해 알테미아님께 더 다가갈 수 있다는 믿음을 어릴 적부터 가르치기 때문에 우리와 비교하면 그 믿음이 보통이 아닙니다."

그들이 그렇게 용맹할 수 있는 것은 다 그 때문이라고 남바른 공작이 지적한다. 죽음을 두려워하지 않는 병사들. 한 명 한 명의 마음가짐이 전쟁에서 죽음을 택하는 기사들과 다를 바 없다는 의미이다. 리즈의 표정이 더욱 어두워진 그때였다.

"황제 폐하, 후방에서 전령이 왔습니다."

다른 전령이 막사에 급히 들어와 무릎을 꿇었다. 전령의 몸에는 화살 몇 대가 박혀 있었다. 적들이 날린 화살을 맞으면서 왔다는 뜻이다.

"무슨 일이죠? 어째서 화살을 몸에……."

"황제 폐하, 아덴 공작이 퇴로를 모두 차단하고 포위했습니다. 제2, 3, 6군은 적들의 맹공에 하벨로 백작령까지 후퇴했고, 적들이 이곳으로 몰려오고 있습니다! 사방에서 적들이 가로막아 갈 곳이 없습니다. 사실상…… 제1군은 완전히 고립되었습니다."

그 말에 엘리즈를 포함하여 모든 참모들의 입이 떡 벌어졌다. 엘리즈가 자리에서 벌떡 일어났다. 고립되었다면 이곳에서 계속 공성을 펼치는 건 위험했다.

"지금 당장 탈출 작전을 펼칩니다. 모든 병력들에게 이르라 하세요!"

*   *   *

"스승님. 정말 영주님하고 아무 사이도 아니세요?"

"갑자기 그게 무슨 소리니?"

오늘 수업을 마치고 약속한 대로 발렌의 저택으로 향하려고 하니 제자들이 그런 질문을 해 왔다. 당황할 법도 한데, 이바나는 전혀 당황해하지 않으며 제자들의 질문에 역으로 물었다. 제자들이 생뚱맞은 질문을 하는 것은 시간과 장소를 가리지 않았기에 익숙해진 것이다. 이번에도 그런 것이라 판단했다.

"영주님하고 스승님은 자주 붙어 다니시잖아요."

제자들이 고개를 주억였다. 발렌이 남들이 볼 때 오해할 수 있으니 조심스럽게 행동해야겠다고 말했지만, 설마 제자들에게도 그렇게 비춰질 줄은 몰랐다.

"스승님과 영주님은 미래를 약속한 건가요?"

어린 제자들만이 아니라 다 큰 성인들도 그렇게 생각하는 경우가 태반이었다. 알게 모르게 세인브리트 마탑 내에서도 발렌과 이바나의 사이를 그렇고 그런 사이라고 의심하는 자도 있었다. 탑주도 확실하게 말하지는 않았지만, 오해하고 있는 것이 드러난 적이 한두 번이 아니다. 애초에 그런 것에 무신경한 이바나는 대수롭지 않게 넘겼지만, 제자들에게도 그런 식으로 보여질 줄 몰랐다.

"얘는. 그런 사이가 아니란다. 세인브리트 마탑에서 서로 알고 지내면서 친해진 거란다."

"이상하다. 영주님은 원래 평민 출신이었다고 하는데. 어떻게 스승님과 친해질 수 있던 걸까?"

제자들은 고개를 갸웃거린다. 아무래도 신분의 차이는 극복하기 힘든 것이다. 변방 촌구석의 아이들이라도 그 사실만큼은 잘 안다.

"후후. 너희 영주님이 내 친구를 몇 차례 구해 주신 계기로 알게 되었지."

"영주님이 스승님의 친구를요?"

이바나가 빙그레 웃었다.

"그래, 소중한 벗이지. 그리고 너희들이 보기에 이 스승님이 그런 신분의 벽을 신경 쓸 것 같니?"

제자들이 잠깐 생각하더니 고개를 저었다. 이바나의 밑에서 교육을 받으면서 안 것은, 그녀는 신분을 크게 생각하지 않는다는 것이다. 자신들을 대할 때도 마찬가지지만, 자신들의 부모나 마을 사람들에게도 함부로 말하고 다니지 않았다.

귀족들은 신분이 낮은 자에게 하대하는 게 당연한데도, 그녀는 존대를 해 주었다. 이것은 사실 엘리즈의 영향도 있었지만, 발렌과 함께 지내게 되면서 영향을 받게 된 것이기도 했다.

"음…… 그래도 저희는 영주님하고 스승님이 미래를 약속한 사이면 좋을 것 같아요."

"왜 그렇게 생각하니?"

"잘 어울릴 것 같아서요!"

아이들이 헤헤 웃는다. 아무런 악의도 없고, 단지 잘 어울릴 것 같다는 순박한 이유에 이바나는 피식 웃음이 나올 수밖에 없었다. 그녀는 손가락으로 제자들의 머리를 튕겼다.

"앞으로 그런 장난은 하지 마렴. 나도 그렇지만 너희 영주님도 곤란할 테니까. 영주님이 곤란한 건 너희들도 싫지 않니?"

이바나의 말에 아이들이 '네~!' 하고 대답한다. 이바나
는 제자들을 이끌고 발렌의 저택으로 향했다.

$$* \qquad * \qquad *$$

한 명의 마법사가 발렌의 집무실을 찾아왔다. 마법 통신
구를 관리하는 마법사였다. 마법 통신구는 꽤나 고가이고
쉽게 볼 수 없는 마도구 중 하나이다. 어지간한 귀족 가문
도 구할 수 없을 마도구지만, 다행히 과거 센티스 백작가에
서 가지고 있었던 것을 영지전 이후 마이셀 백작가가 얻게
되었다. 전장의 상황이 급박해질 때 발렌 측에서 즉각 대응
할 수 있도록 비상 연락망을 구축해 두었기에 여러 군단의
보고를 바로 받을 수 있었다. 마법 통신구를 관리하는 마법
사도 원래 센티스 백작의 밑에서 일하던 자인데, 이제는 발
렌의 밑에서 일하게 된 것이다.

"급보라니요? 무슨 일이죠?"

"점령했던 아덴 공작령의 성들이 적들의 수중에 넘어갔
다고 합니다."

"……!"

전령의 보고에 발렌의 눈이 크게 떠졌다.

"그게 무슨 소리죠? 아군들은 뭘 하고 있기에 벌써 아덴 공작이 성을 다시 수복했다는 얘기인가요?"

"아덴 공작의 전략에 완전히 말려들었습니다. 제4군은 괴멸된 상태이고, 제5군은 막대한 피해를 입고 퇴각 중이라고 합니다. 제2, 3, 6군도 적들의 맹공에 하벨로 백작령까지 후퇴하였다고 합니다. 그 때문에 제1군이 아덴 공작령에 고립되었습니다."

"제1군은 황제 폐하의 군단이잖아요. 그렇다는 얘기는……?"

발렌이 흠칫 놀란다. 옆에서 그 얘기를 듣던 엔더크 자작이 말했다.

"황제 폐하께서 계시는 군단을 노리고 있을 겁니다."

고립이 되면 얼마나 위험한 상황인지 발렌도 잘 안다. 사방이 적진이니 어디에서 공격이 올지도 모르고, 포위망을 뚫기 전까지는 그들은 아군의 지원을 전혀 받지 못한다는 뜻이다. 발렌이 이를 아득 물며 주먹을 움켜쥐는 그 순간이었다.

엘리즈 황제를 구출하라.

빌어먹을 임무가 발렌에게 떨어졌다. 그가 입술을 꽉 깨물고 자리에서 벌떡 일어난다. 임무가 떨어지는 건 마음에 들지 않지만, 지금 떨어진 임무는 발렌도 하려고 했던 일이다. 그가 엔더크 자작에게 시선을 향했다.

"엔더크 자작, 지금 당장 가능한 많은 병력들을 소집하도록 합니다. 황제 폐하를 구출하러 움직일 겁니다. 우리가 출정할 수 있는 병력의 수는 얼마나 되죠?"

"국경 쪽의 병력까지 합하면 대략 1,000명 정도는 가능합니다."

"그들을 모두 끌어모으도록 하세요. 황제 폐하가 위험하다는 사실을 그들도 알고 있다면 제 명령이라고 무시하지는 못하겠지요."

아직 병합하고, 통합되지 못한 병력들이지만, 그래도 황제를 구출하겠다는 이유로 출병시킨다는 것에 불만을 품지 않을 것이다. 발렌의 말에 엔더크 자작이 고개를 주억이며 즉시 명령을 이행하기 위해 움직였다. 발렌은 이를 꽉 깨물었다.

'역시 보나바르의 저주는 날 가만히 놔두질 않는구나.'

전쟁에 참전하지 않으면 아무리 보나바르의 저주라도 발동되지 않으리라 생각했지만, 아니었다. 어떻게든 자신을 엮이게 만들어 버린다. 발렌은 주먹을 꽉 움켜쥐었다. 두 번 다시 겪기 싫던 전쟁을 가야 할 수밖에 없는 지금 상황이 너무도 화가 났다.

'한시라도 빨리 가야 한다. 그러고 보니 하벨로 백작령에 텔레포트 게이트가 하나 있다고 했지?'

텔레포트 게이트가 있다면 이곳에서 연결하는 것은 그리 오래 걸리지 않는다. 발렌의 저택에도 텔레포트 게이트가 있으니까. 발렌은 즉시 벨루나 자작을 집무실로 호출했다. 발렌의 호출에 즉시 달려온 벨루나 자작. 발렌이 그에게 물었다.

"벨루나 자작. 영지에 쌓여 있는 마정석은 얼마나 되죠?"

"자세한 수량은 확인해 봐야 알겠지만, 아직 팔리지 않은 마정석은 꽤 많이 남아 있습니다."

"어서 확인해 주세요."

벨루나 자작은 아직 엘리즈에게 무슨 일이 생겼는지 전혀 모르는 모양이었다. 잠시만 기다려 달라는 말과 함께 집무실 밖으로 나가 서류를 가지고 왔다. 마정석 수량과 관련된 서류였다.

"마정석의 수량은 600개입니다."

"1,000명을 텔레포트 게이트로 보내기 위해서는 얼마나 많은 마정석이 필요한가요?"

"1,000명을 보내려면 현재 보관되어 있는 마정석의 두

배는 더 필요합니다. 한데 무슨 일이기에 그리 급히 마정석을 찾으십니까?"

"황제 폐하께서 아덴 공작의 계략에 말려들어 고립되었습니다. 위기에 처한 폐하를 당장 구하러 가야 합니다."

벨루나 자작의 눈이 휘둥그레진다. 상상도 못한 전개였다. 발렌이 침음했다. 우선 500명만 이끌고 가야 하나 그런 생각을 할 때였다.

"이비 스톤을 사용하면 될 거예요."

집무실의 문을 열고 들어온 이는 이바나였다. 이바나의 옆에는 제자들이 서 있었다. 즐겁게 점심 식사를 하려고 방문했다가 뜻밖의 소식을 접한 것이다. 평소 시끄럽던 제자들도 심각한 말이 계속 오가는 것을 보고 입을 꾹 다물고 있었다.

"이비 스톤은 마정석으로 만드는 거니까요. 마정석의 기운을 그대로 간직하고 있기 때문에 그대로 써도 문제가 되지 않을 거예요."

"이비 스톤은 전장에서 무기로 사용해야 하기에 함부로 쓸 수 없습니다."

"벨루나 자작. 지금 그런 걸 가릴 때가 아니에요!"

"영주님. 너무 흥분하셨습니다. 영주님의 마음을 이해 못하는 바가 아니지만, 이비 스톤 없이 전장에 나섰다가는 도리어 영주님마저도 위험에 처할 수 있습니다. 아덴 공작은 영주님도 노리고 있지 않습니까. 아덴 공작이 더 환영할 만한 일이 될 겁니다."

이비 스톤은 마이셀 백작령의 핵심 무기 중 하나이다. 엘리즈를 구출하기 위해서라지만 구출하려다가 무기도 제대로 써 보지 못하는 상황이 오면 아무 필요가 없다. 발렌이 이를 아득 물었다.

"확실히 벨루나 자작의 말씀도 맞네요. 그렇다면 따로 제가 해 드릴 수 있는 방법을 제시하도록 하죠."

이바나가 손을 들어 보였다.

"발리바나 연탑에 아직 이비 스톤으로 만들지 못한 것과 실험용으로 쓸 마정석이 잔뜩 쌓여 있어요. 원래 이 마정석은 나라에서 마도구를 생산할 때 쓰라고 지원해 준 것인데, 이것을 마이셀 백작에게 지원하도록 하죠."

"그래도 되는 겁니까?"

"원래 안 되는 건데, 황제 폐하를 구출하기 위해 썼다고 하면 처벌을 내리지 못하겠죠. 연탑에 보관되어 있는 것까지 합치면 충분히 1,000명은 보낼 수 있을 거예요."

듣던 중 반가운 소리였다. 벨루나 자작의 얼굴이 환해졌다.

"감사합니다, 연탑주님."

벨루나 자작이 이바나에게 감사를 표했다. 이바나의 시선이 발렌에게로 향했다. 발렌은 그녀의 눈을 피했다. 이바나는 경황이 없는 그의 모습을 보고 대충 짐작할 수 있었다.

'임무가 떨어졌구나.'

보나바르의 저주가 발동되었다는 걸 알 수 있었다. 죽으면서 임무를 알게 될 때도 있지만 살아 있을 때 임무를 받는 경우도 있다고 한다.

지금은 죽어서 알았다기보다 살아 있는 때에 임무가 떨어진 것임을 알 수 있었다. 죽음을 맞이해서 임무를 수행해야 한다면 무슨 일이 벌어질지 알기에 확신하고 냉정하게 말했을 테니까. 이바나가 발렌에게 다가가 한 걸음 앞에 섰다.

"무리하지는 마."

"예…… 최대한 무사히 돌아올게요."

"……."

확실하게 대답하지 않는 그의 대답에 이바나가 무거운 침묵을 지켰다. 그러더니 주섬주섬 뭔가를 꺼내 그에게 건넸다.

"이거 들고 가."

"이건……?"

마정석이다. 그러나 그 크기가 보통이 아니다. 사람 얼굴만 한 마정석. 그 안에 품은 마나가 어마어마했다.

"구출할 때 여의치 않다면 이걸 사용하도록 해. 할아버지가 보관하고 계셨던 건데, 내가 들고 온 거야. 이제 주인도 없고, 그저 관상용으로 둘 바에야 누군가가 사용하는 게 낫겠지."

전 마탑주의 유품이라는 소리다. 이바나가 그것을 넘기겠다고 한다. 발렌이 마정석을 조심스럽게 받았다.

"고마워요, 이바나 씨."

"물론 공짜는 아니야. 이걸 너에게 공짜로 넘길 수 없으니까 조건을 달겠어. 네가 무사히 돌아오고, 황제 폐하를…… 아니, 우리의 친구를 꼭 구출해야 한다는 조건이야."

발렌이 고개를 끄덕였다. 반드시 구출한다. 그리고 무사히 돌아온다. 그의 표정이 말 그대로 전장으로 나서는 병사처럼 비장해졌다. 전황이 바쁘게 돌아갔다.

Chapter 06
탈출 작전

아덴 공작의 계략에 말려든 바올라 제국군은 심각한 피해를 입고 전선을 뒤로 물릴 수밖에 없었다. 자신감에 차 있던 엘리즈 황제의 군대는 전선가장 앞에 있었고, 이로 인한 위기는 필연적일 수밖에 없었다. 아덴 공작은 엘리즈 황제를 사로잡기위해 포위망을 좁혀 오기 시작했고, 엘리즈 황제는탈출 작전을 실시했고, 마이셀 백작은 그녀를 구출하기 위해 바쁘게 움직였다.

— 『천년 제국 바올라 2부』144p—

발렌은 병력들을 소집한 후에 텔레포트 게이트를 하벨로 백작령과 연결해 도착했다. 하벨로 백작령의 텔레포트 게이트를 타고 오자, 그 주위를 지키던 아군을 볼 수 있었다.

"자네가 마이셀 백작인가?"

한 중년의 남성이 다가온다. 나이는 대략 예순 살에 가까워 보였다.

"예, 제가 발렌시아 알슈타이트 디 마이셀입니다."

"반갑네. 난 올란드 디 루베너 공작이라네."

루베너 공작가의 영주. 남바른 공작가와 마찬가지로 바올라 제국의 대귀족 중 하나이다. 또한 남바른 공작가와는 숙원 지간으로 알려져 있으며, 오랫동안 정치적으로 적대적인 관계를 유지하는 곳이다. 발렌도 남바른 공작가와 친분이 있게 되면서 루베너 공작에 대해 알게 되었다. 루베너 공작은 야심에 차 있는 인물이며 가끔 경솔하게 행동할 때가 있지만, 그것만 아니면 최고의 정치가라 손꼽는다.

'루베너 공작은 호걸답게 늘 자신만만한 표정이라고 하던데.'

그러나 발렌은 눈앞에 있는 자가 루베너 공작이 맞는지 의심부터 했다. 자신이 들었던 것과는 달리, 루베너 공작은 완전히 기가 꺾인 듯, 자신감조차 보이지 않았다. 발렌이 그를 의심하자, 함께 온 엔더크 자작이 귓속말을 했다.

"루베너 공작이 맞습니다. 제4군의 사령관이 루베너 공작입니다."

제4군의 사령관. 그 말을 듣고 그가 왜 저런 표정인지 알 수 있었다. 그는 이번에 야심차게 공을 세우고자 하였으나 뼈아픈 실책을 범하고 말았다. 바로 10만이 넘는 병력이 괴멸된 것. 자신을 포함해 100명도 안 된 이들만 살아 돌아왔다고 하니 사기가 완전히 꺾인 것도 이해할 만한 일이다.

"이번에 그대가 황제 폐하를 구출하기 위해 병력을 이끌고 왔다지?"

"예."

루베너 공작이 계속해서 텔레포트 게이트를 타고 속속들이 도착하는 발렌의 병사들을 바라보았다. 텔레포트 게이트의 규모상 어쩔 수 없이 나눠서 이동할 수밖에 없는 것이다.

"병력은 얼마나 도착하는 것인가?"

"1,000명이 조금 넘습니다. 제가 최대한 출정시킬 수 있는 숫자를 데리고 왔습니다."

여기에 그동안 마이셀 백작령에서 훈련을 받은 병사들도 포함되어 있었다. 어차피 그들도 함께 전장에 나가야 했다.

"1,000명……."

루베너 공작이 깊은 한숨을 내쉬며 고개를 저었다.

"그 정도로 황제 폐하를 구출하지 못할 게야. 그는 괴물일세."

"……예?"

"아덴 공작 말일세. 그는 뛰어난 지휘관이네. 압도적으로 불리한 수적 열세를 그는 지략으로 모두 감당하는 것도 모자라 압도하고 있네. 모든 군단이 그의 공격에 아무것도 못 했지."

이미 보고를 들어 알고 있다. 아덴 공작의 병력이 아군을 유린하고 하벨로 백작령까지 후퇴시켜 제1군을 고립시켰다는 것을.

"그렇다고 손 놓고 가만히 있을 거라는 얘깁니까?"

"……."

루베너 공작이 침묵한다. 발렌은 그를 마음에 들지 않는다는 얼굴로 바라보고 있었다.

"어떤 수단을 강구해서라도 황제 폐하를 구출해야지, 손 놓고 있다는 게 이해가 되지 않습니다."

"지금 군단장들이 모든 방법을 강구하고 있네. 그러나 다들 아덴 공작군을 어떻게 상대해야 할지 난감해하고 있네."

처음에는 적극적으로 밀고 들어가던 모든 군단이 아덴 공작을 맞닥뜨리고 소극적으로 변했다. 그만큼 아덴 공작에 대한 두려움이 모든 이들에게 심어졌다는 것을 알 수 있었다.

"제 병사들은 다르다는 걸 보여드리겠습니다."

발렌은 자신 있는 얼굴로 그를 바라보았다. 루베너 공작은 아무 말 없이 고개를 저었다. 그가 하는 행동은 마치 자네도 나중에는 알게 될 거라는 듯한 반응이어서 더더욱 마음에 들지 않았다.

* * *

발렌이 이끄는 1,000명의 병력이 도착하고, 그는 지휘부에게서 지도를 받았다. 아덴 공작령의 지도였다. 꽤 도움이 될 거라 생각해 발렌은 기꺼이 지도를 받아 들고 잠입을 시도했다. 발렌의 병력은 깊은 새벽에 움직이기로 했다.

"적들은 산과 숲, 몸을 숨길 수 있는 곳에 매복하고 있다고 하니 최대한 소리를 죽이면서 이동합니다. 일부러 적들의 포위망에 들어가는 거니 위험한 잠입이 될 거예요."

모두가 고개를 끄덕였다. 발렌을 따르는 병사들 말고도 센티스 백작을 따랐던 병사들도 모두 비장한 표정이었다.

황제를 구하러 가는 위험한 작전을 펼친다는 말에도 발렌을 따라온 이들이었다.

"영주님, 시간이 됐습니다."

별들을 바라보며 시간을 계산하고 있던 엔더크 자작의 말에 발렌이 고개를 주억였다.

"쏘도록 하세요."

발렌의 명령에 옆에 있던 실린더병이 하늘 위로 이비 스톤을 발사한다. 밤하늘에 밝은 빛이 터지는가 싶더니 빠르게 사라졌다. 밝은 빛에 너무 노출되면 야간에 위치가 노출될 수 있다는 것에 신호로 쓰기 위한 일종의 신호탄을 쓴 것이다.

신호가 발사되자, 반대쪽에서 일제히 우렁찬 함성과 북소리가 울려 퍼졌다. 오직 시선을 끌기 위한 전투가 벌어지고 있었다. 발렌의 병력이 숨어 있던 숲에서도 이동하는 소리가 들렸다. 예상보다 많은 적군이 갑작스레 기습하자 지원을 하기 위해 이동하는 소리였다.

소리가 잦아들자, 발렌이 움직였다. 산속으로 깊게 들어가고 있는 발렌의 병력들. 그리고 곧 주변에서 불화살이 날아오기 시작했다.

"모두 헤쳐 모여! 방패병 앞으로! 기사들은 돌격하지 말고 전열을 유지하라!"

적들을 감지하자 엔더크 자작이 즉시 명령을 내렸다. 양동작전은 전쟁에서 흔히 쓰는 전술이니 일부를 남겨 두고 이동했을 것이라 예상했다. 그래서 빠르게 명령을 내릴 수 있었다.

방패병들이 방패를 들어 아군을 보호하고, 뒤에 있는 병력들이 언제든 튀어나올 준비를 한다. 다행히 아직까지 별다른 피해가 없었다. 포드가 만든 튼튼한 전신 방패가 크게 한몫을 하고 있었다. 불화살이 계속 날아오며 계속 막고 있는 그 순간이었다.

"와아아아!"

아덴 공작군이 공격을 개시했다. 화살이 다 떨어져 백병전에 돌입한 것이다. 엔더크 자작이 다시 소리친다.

"실린더병, 밤하늘을 밝혀라!"

엔더크 자작의 명령에 실린더병이 하늘 위로 이비 스톤을 발사한다. 그 순간 하늘이 오랫동안 밝아졌다. 적들의 모습이 훤히 보였다. 다행이라고 할까, 다른 쪽에 지원을 하러 가느라 병력이 분산되었기 때문인지 그들의 숫자는 많아 보이지 않았다. 대략 100명이 조금 넘는 숫자였다.

"실린더병은 10보 후퇴, 실린건병과 창병은 10보 전진!"

엔더크 자작의 외침에 일사불란하게 병사들이 전열을 유지하며 움직였다.

"내 명령에 발사하라, 1열, 조준!"

언제든 방아쇠를 당길 준비를 하며 침착하게 그들을 조준한다.

"발사!"

타타타탕!

일제히 실린건이 발사되었다. 고막을 때리는 강한 소리와 함께 대형을 유지하며 앞서 오던 적들이 우르르 쓰러졌다. 갑작스러운 굉음과 함께 동료들이 쓰러지는 모습을 보고 아덴 공작군이 멈칫했다. 갑자기 무슨 일이 일어난 건지 모르겠다는 표정들이다. 그러나 아직 실린건병의 공격은 끝나지 않았다.

"1열 장전, 2열 조준! 발사!"

타타타탕!

연이어 발사된 실린건. 또다시 아덴 공작군들이 우르르 쓰러졌다. 엄청난 굉음과 함께 아군이 쓰러지고 있으니 당황한 기색이 역력하다. 그들을 지휘하는 지휘관도 이를 어찌 대처해야 할지 몰라 우왕좌왕해서 혼란은 더더욱 심해진다. 엔더크 자작은 그 틈을 놓치지 않았다.

"돌격!"

돌격 명령이 떨어지자 중기병들이 적들을 향해 돌격했다. 이미 사기가 떨어질 대로 떨어진 병사들이 비명을 지르며 달아나기 시작했다. 진형을 갖추지 않고 도주하는 적들은 기병들에게 속절없이 쓰러져만 갔다.

발렌은 그들의 피해가 막심하고 뿔뿔이 흩어지는 것을 보고 병력들을 다시 집합시켰다. 이미 적들은 달아났고, 더 추격할 시간이 없다. 아쉽지만 첫 전투는 이것으로 끝이다.

"적들을 최대한 속이기 위해 아군이 곧 이곳을 점령할 겁니다."

그러나 이곳을 점령한다고 해도 그저 눈속임이다. 아군이 대대적인 반격으로 전선을 밀고 들어가지 않는 한, 이곳도 금방 밀리게 될 것이다.

"지금부터 적군의 복장으로 갈아입고 이동합니다."

최대한 적들을 속이기 위해서라면 적군으로 위장할 필요도 있다. 그동안 여러 곳에서 아군이 전투를 치르며 노획한 적군의 옷과 갑옷을 지원받아 1,000명의 병사들이 위장할 수 있었다. 발렌의 명령에 병사들이 옷을 모두 훌러덩 벗어 버리고 옆에 가지런히 두었다.

실린더는 그대로 착용하고, 눈에 잘 띄는 실린건은 마차에 실어 이동하기로 했다. 실린건 위에 병사들의 옷가지를 놓아 가리는 것도 잊지 않았다. 발렌은 세기어 왕국에서 준 로브는 그대로 입고, 안에 입은 옷만 적군의 마법사들이 입던 옷으로 갈아입었다. 모두 적군의 복장을 갖춰 입자 발렌이 엔더크 자작을 바라보았다.

"엔더크 자작이 현 시간부로 제 상관이 될 겁니다. 호칭, 말투를 유의하세요."

"예, 영주님."

적들을 완전히 속이기 위해서는 엔더크 자작이 지휘관을 할 필요가 있었다. 아무래도 엔더크 자작이 더 나이가 많다 보니 이목을 속이기 위해서는 그가 상관이 되어야 했다. 연기는 지금부터 시작이었다.

"대형을 갖추고 숨죽이며 이동한다!"

엔더크 자작의 명령과 함께 발렌의 병력은 더욱 깊이 적들의 진영으로 들어갔다. 이제 발렌의 병력도 후퇴할 곳이 없었다. 위험지역에 발을 딛고야 말았다.

*   *   *

제1군은 아덴 공작가의 포위망에 여전히 고립된 상태다. 이미 이중, 삼중으로 포위망을 구축하고, 바올라 제국군이 후미를 노리는 것을 막기 위해 곳곳에 병사들을 매복시킨 아덴 공작군을 뚫기는 버거워 보였다. 게다가 포위망을 뚫고자 고군분투하고 있지만, 여간 어려운 것이 아니었다.

"황제 폐하, 이제 포위망 하나를 뚫었는데, 병력의 피해가 너무도 큽니다."

　거의 밤잠을 설쳐 가며 군단 하나가 움직이고 있는데, 피해가 너무도 막심하다. 아덴 공작은 유리한 고지가 있으면 무조건 병력들을 두어 쉽게 돌파하지 못하도록 막고 있었다. 병력을 각개격파하여 돌파하려고 했지만, 아덴 공작은 바보가 아니었다. 그는 바올라 제국군이 공격하는 곳에 즉시 지원군을 보낼 수 있도록 대비해 놓았기 때문이다. 그 때문에 한 곳을 노리면 그곳은 대혈전이 펼쳐지고는 했다.

　"이제 얼마나 남았죠?"

　"자세히는 알 수 없습니다. 하나 긍정적으로 생각하면 그들의 병력이 점차 많아지는 것으로 보아, 한두 번만 뚫으면 포위망에서 벗어날 수 있으리라 추측하고 있습니다."

　엘리즈의 표정이 어두웠다. 포위망을 뚫으려고 하면 적들의 수가 늘어난다. 점점 포위망을 뚫기 어려워진다는 의미도 되었고, 피해도 누적된다는 것이다.

　"그리고 슬슬 식량이 떨어져 갑니다."

　엘리즈도 우려하던 상황이 벌어졌다. 비축된 식량이 떨어지는 것 말이다. 예상은 했지만 벌써 위기가 닥치리라고는 생각하지 못했다.

　"식량이 얼마나 남았죠?"

　"이제 사흘 정도 남았습니다. 식량을 아낀다고 하면 열

흘은 버틸 수 있을 겁니다."

엎친 데 덮친 격 이제 식량까지 떨어져 갔다. 엘리즈의
표정이 더욱 어두워진다. 한시라도 빨리 뚫지 못한다면 모
두 굶어 죽을 판이었다.

"인근에서 얻을 방법은 없나요?"

"계절도 계절인 데다, 아덴 공작이 아군에게 도움이 될
만한 것들을 모두 불살라 버린 까닭에 조달이 불가능합니
다."

식량과 집은 물론 가축들도 모두 도살하고 불에 태워 버
렸다. 정말 풀뿌리나 나무껍질이라도 씹어 먹어야 할 판이
다. 안 그래도 불리한 상황인데 제대로 된 식사도 못한다면
속절없이 저들에게 당할 것이다.

"식량이 다 떨어지면 말을 잡아먹어서라도 버티는 수밖
에 없습니다."

전투에 쓸 말을 잡아먹어야 된다는 처참한 말까지 나올
정도면 정말 식량이 시급하다는 뜻이다.

"황제 폐하, 급보이옵니다."

전령이 막사 안으로 들어왔다. 엘리즈가 그 전령을 바라
보았다.

"무슨 일이죠?"

"야테스 성에 주둔해 있던 병력이 성 밖으로 나와 후방

에서 오고 있다고 합니다. 이곳을 완전히 포위했습니다. 더이상 물러날 곳도 없습니다."

그 말을 듣는 순간 모두가 침묵해 버렸다. 엘리즈의 얼굴이 더더욱 어두워졌다.

"한 가지 희소식도 가지고 왔습니다."

"뭐죠?"

"마이셀 백작이 1,000명의 병사들과 함께 아덴 공작령에 들어와 있다고 합니다."

엘리즈의 눈이 커졌다. 기쁜 감정보다는 그가 왜 아덴 공작령에 들어와 있냐는 표정이었다.

"그가 왜 여기에 온다는 거죠?"

"황제 폐하를 구출하기 위해 들어왔다 합니다. 자신의 사비를 모두 털어 하벨로 백작가에 연결되어 있던 텔레포트 게이트를 타고 이동했다고 합니다."

구출 작전을 펼치는 것치고 병력의 수가 너무 적었다. 오히려 이곳으로 오다가 역으로 당하는 게 아닐까란 걱정도 들었다.

"확실히 병력은 적으나, 마이셀 백작은 무엇이든 해내던 자가 아닙니까. 센티스 백작가를 고작 500명의 병사로 점령한 자입니다. 아군이 위험하다고 어수룩하게 들어오지는 않을 거라 생각합니다."

"이건 영지전과 다릅니다, 남바른 공작."

"예, 하지만 마이셀 백작가의 병력도 보통 군대가 아니지 않습니까. 우리는 그를 믿고 우리대로 포위망을 뚫어 합류하면 될 겁니다."

엘리즈가 입을 꾹 다물며 자신의 가슴에 주먹을 대었다.

*　　　*　　　*

"정지! 말을 멈춰라!"

아덴 공작가의 검문소에 다수의 인원이 다가오는 것이 보이자, 검문소를 지키던 병사가 나와 그들의 길을 막았다. 가장 앞에서 말을 타고 다가오던 장교가 손을 들자, 병력들이 자리에 멈췄다. 검문소의 군 간부가 그들에게 다가왔다. 간부가 앞서 오던 장교를 보고 정중히 인사했다.

"아군인 것 같은데, 이런 다수의 병력이 통과한다는 얘기는 듣지 못했습니다. 이름, 소속, 목적을 밝혀 주시기 바랍니다."

"내 이름은 하덴 발카. 우린 팔트레아 성의 주둔군이었으며 영주님께 성이 함락되어도 계속 적들을 후방에서 교란하라는 밀명을 받았었다. 결국 적들에게 성을 점령당했지만 아직 우리들은 성 밖으로 빠져나와 적들의 전선을 계속 교란하였다."

"말씀 중에 죄송하지만 '받았었다' 라는 말은 뭡니까?"

간부는 말 하나라도 놓치지 않고 물었다. 장교로 보여 존대를 하고 있으나, 적군일 수 있다는 생각에 의심은 놓지 않았다.

"말 그대로다. 우리 영주님께서는 전사하셨으며, 우리는 더 이상 마지막 명령을 계속 펼칠 수 없다고 판단했다. 아덴 공작가와 합류하여 바질 녀석들과 싸우기 위해 위험을 무릅쓰고 적들의 포위망을 돌파했다. 그리고 우리가 작전을 펼치면서 적들에게서 얻은 중요한 정보를 아덴 공작님께 전해야 한다."

"그렇습니까? 그래도 절차대로 검문을 하겠습니다."

군 간부의 말에 하덴이 고개를 주억인다. 옷가지를 발견했다.

"이 옷들은 뭡니까?"

"우리가 적들과 싸우면서 노획한 것들이다. 그 옷가지 안에는 놈들이 쓰던 무기도 있지."

꽤 많은 수의 노획품이다. 이 정도면 엄청나게 뒤를 흔들었고 꽤 많은 피해를 주었을 거라고 짐작할 수 있었다.

"우리 영주님께서 발카 경의 무훈을 잊지 않을 것입니다."

"난 그저 영주님의 명령을 이행했을 뿐. 모든 공은 내가 아닌 용맹하게 싸우다 전사하신 내 주군에게 있네."

모범적인 기사 같은 말에 군 간부가 감격한 표정이다.

"한데 그 로브를 입은 자는 누굽니까? 바질 녀석들이 그렇게도 건방지게 떠받드는 마법 병단장의 로브처럼 생겼는데?"

간부가 의심하며 한 마법사를 가리켰다. 후드를 깊게 눌러쓴 마법사. 누가 봐도 수상해 보였다.

"이자는 우리 영지의 수석 마법사다. 그래 봐야 다른 영지에 비하면 보잘것없지만. 난 마법 병단장은 보지 못했는데, 로브가 그렇게 비슷하게 생겼나?"

"예. 혹시 모르니 검문을 위해 후드를 벗고 얼굴을 드러내 주십시오."

간부의 말에 하덴이 마법사에게 호통을 쳤다.

"벗지 않고 뭘 하는 것이냐. 이런 굼벵이 같은 녀석. 어벙하게 굴지 말고 얼른 후드를 벗어 얼굴을 보여라!"

"예, 옛!"

목소리는 상당히 젊었다. 하덴의 호통에 마법사가 당황하며 얼른 후드를 벗었다. 마법사가 후드를 벗자 드러난 것은 갈색머리의 평범하게 생긴 20대 중후반의 청년의 얼굴이었다. 높은 경지의 마법 병단장이라면 절대 이렇게 젊은 모습일 리 없었다.

군 간부는 의심할 점이 없다 판단했는지 통과시켜 주었다. 검문소를 통과하자 마법사가 하덴에게 말을 걸었다.

"쉽게 통과했네요."

"모든 것이 적군과 동일하니까요. 심지어 신분증도 적들의 것을 쓰고 있지 않습니까."

다수의 인원의 정체는 마이셀 백작군이었다. 그리고 지금까지 간부와 대화를 한 기사 하덴은 엔더크 자작이었다. 전투 도중 전사한 적군의 신분증을 모두 노획해 검문소에 제시하니 아무도 의심하지 않았다. 덕분에 전투를 치르지 않고 조용히 들어올 수 있었다.

"그런데 저에게 호통칠 때 조금 놀랐습니다."

"죄송합니다. 제 진심이 아닙니다."

"알고 있어요. 그래도 기사들이 마법사들에게 평소 어떻게 대하는지 언뜻 느낀 것 같네요."

발렌이 그저 후후 웃었다. 이런 것에 마음을 둘 정도로 발렌은 옹졸한 사람이 아니다. 기사와 마법사는 개와 고양이 같은 존재. 서로 못 잡아먹어서 안달이 나 있으며 실제로 이렇게 서로 평가 절하하거나 무시하는 일도 비일비재했다. 엔더크 자작이 제대로 연기해 주어 큰 의심 없이 들어올 수 있었다.

"이제 우리도 완전히 고립된 상태예요. 서둘러 황제 폐하의 군단이 어디 있는지 알 필요가 있어요."

"예. 사람을 보내 아군의 위치를 수집해 보도록 하겠습니다."

발렌이 고개를 주억였다.

*   *   *

엘리즈의 군단은 하벨로 백작령으로 이동하는 중이었다. 적들에게 완전히 고립되어 서둘러 아덴 공작령을 벗어나던 그들은 여러 차례 적들을 돌파하며 하벨로 백작령을 50km 정도를 남겨 두고 있었다. 그러자 아덴 공작군을 볼 수 있었다.

"정말 끝도 없이 펼쳐져 있군요."

엘리즈는 산등성이 위에서 적들을 내려다보고 있었다. 적들은 엘리즈의 군단이 이곳으로 올 줄 알고 있었는지, 포위망을 구축하고 병력을 배치하고 있었다. 숫자는 비등비등하지만, 넘어야 할 산이 수없이 펼쳐져 있다. 비교적 평원이 많은 바올라 제국군은 산 넘어 산이라는 말이 왜 있는지 알게 되었다.

바올라 제국의 서부 영지는 평원이 드넓게 펼쳐진 땅이

다. 산보다 평원을 많이 본 그들에게는 낙담할 일이었다. 힘겹게 산을 올라왔더니 그 산 너머에 또다시 적들이 있다. 좌절감이 그들을 압박하고 있었다.

"어떻게 하시겠습니까, 황제 폐하."

"들키지 않게 우회를 하는 것은 불가능하겠죠?"

"소수라면 모를까, 이런 대부대가 이동하는 것은 새벽이라도 눈에 띄기 쉽습니다. 들키지 않고 우회하는 것은 절대 불가능합니다."

남바른 공작이 절대 불가능하다는 것은 확률이 아예 없다는 것이다. 엘리즈는 다른 방법이 없을까 생각했다.

'그렇다고 병력을 분산시키는 것은 더더욱 위험한 행동일 테고…… 설사 우회할 수 있다 해도 남아 있는 보급품의 한계 때문에 그것도 안 돼. 정면 돌파할 수밖에 없다는 얘기인가?'

전장에 직접 있으면서 엘리즈도 점점 그에 대해 체득해 나갔다. 상황에 타협해 나가며 하고 싶지만, 타협할 수 없는 상황이라면 이대로 진행해야 할 것이다.

"지금부터 병사들에게 휴식을 취할 수 있도록 하세요. 어제 낮부터 산을 벌써 세 개나 올라왔고, 전투를 치르며 마음을 안정시킬 새도 없었을 테니까요. 적들도 아마 이를 생각해 오늘 공격이 없다는 것을 예측하고 있을 거예요. 하지만 우린 새벽에 공격을 개시합니다."

엘리즈의 명령에 남바른 공작이 고개를 숙였다. 엘리즈는 아군을 생각하고, 현 상황에 맞는 방법으로 적들을 상대하며 상대가 예측한 것을 예측하여 적들의 허점을 찌르는 방법을 터득했다. 엘리즈는 직접 전쟁을 지휘하고 겪으면서 점점 배워 가고 있었다.

그러나 한편 그 시각, 아덴 공작군의 막사에서는 작전 회의가 한창이었다.

"적들이 산등성에서 진을 치고 휴식을 취할 것이다. 그들이 휴식을 취하는 동안 공격을 하지 않겠으나, 휴식을 마친 시점에서는 얘기가 달라진다. 하루라도 빨리 이곳을 뚫어야 하는 저들의 입장에서는 빠른 시일에 우릴 공격할 것이다."

아덴 공작은 벌써 적들이 할 수 있는 작전을 예상하며 움직이려 하고 있었다.

"우린 저들이 휴식을 취하고 있을 때 공격한다. 휴식을 제대로 취하지 못하게만 하면 되니 무리하지 말고, 그저 적들을 끊임없이 괴롭혀라. 적들이 조금이라도 휴식을 취하지 못하고, 제대로 싸우지 못하게 하기만 하면 된다. 현장에 있는 지휘관들은 재량껏 유동적으로 움직여 적들을 괴롭힐 수 있도록."

엘리즈가 생각해 낸 것을 역으로 추측하며 전쟁을 이끌어 가는 아덴 공작. 그가 명장이라 불릴 수 있는 이유가 다이것 때문이다. 전장에 있는 지휘관들에게 전투를 맡겨 유동적으로 움직일 수 있도록 하고, 후에 보고를 받는 것이다. 그가 전장을 지휘하면서 얻은 교훈이다.

"공작 전하. 적들이 지쳐 있는 지금 공격하는 것은 어떻습니까?"

한 지휘관이 그에게 공격을 건의했다. 그러나 아덴 공작은 고개를 저었다.

"바올라 황제를 잡으면 이 전쟁은 끝이다. 전쟁을 빨리 끝내고 싶은 마음은 이해하지만, 저들은 지친 상태라 하더라도 이미 산 위에서 진을 치고, 언제든 싸울 준비를 마쳐두고 휴식을 취할 것이다."

승리감에 도취된 병사들은 군기가 점점 사라지지만, 위기에 몰린 적들은 군기를 더욱 강조하며 자신들이 할 수 있는 모든 준비를 마치는 법이다. 아덴 공작은 그것을 가장 잘 알았다. 또한 그들은 뒤가 없었다.

"바질의 다른 군단이 후미를 치면 더 위험하지 않겠습니까?"

"그들이 후미를 치는 것보다, 우리가 황제를 붙잡는 게 더 빠르다. 게다가 그들은 우리의 힘에 짓눌리고 피해를 입어 재정비를 한답시고 하벨로 백작령으로 후퇴했다. 사기가 꺾인 게지."

사기가 꺾인 자들은 어떠한 계기가 있지 않은 이상 제대로 된 작전을 펼치지 못하고 소극적인 태도를 보이기 마련이다. 아덴 공작이 살짝 겁만 줘도 그들은 몸을 사리게 될것이다. 전쟁의 승기가 완전히 자신에게 넘어왔다고 아덴 공작은 자신했다.

"하나 그들이 계속 우리를 건드리고 있다고 보고가 오고 있으니 방심하지 않고 후미를 항상 조심하도록 하라. 혹시 그들이 황제를 구출하기 위해 작전을 펼치고 있을지도 모르는 일이다."

아덴 공작은 혹시 그들이 엘리즈를 구출하기 위해 공작을 펼치는 것이 아닐까란 생각도 하고 있었다. 그것이 자신들에게 가장 변수였다. 그것만 조심하면 이 전쟁을 끝낼 수 있다.

바올라 제1군단은 오직 전진뿐이다. 궁지에 몰린 쥐가 고양이를 물 듯, 그들도 자신들을 물 수 있었다. 아덴 공작은 물리지 않도록 차근차근 일을 진행했다. 일부러 위험을 무릅쓰지 않는 방법을 택하는 것이다.

"우리는 그들의 전진을 막고, 황제를 붙잡는 것이 목표다. 그리고 우리들 눈앞에 황제가 있다. 반드시 그녀를 사

로잡아라. 그녀에게 우리의 힘이 얼마나 강한지 직접 보여
주도록 하라."

"예!"

아덴 공작의 말에 참모들이 우렁차게 대답했다. 그가 몸
을 획 돌리며 혼잣말로 중얼거렸다.

"적들은 결코 한 놈도 살아 돌아가지 못할 것이야."

아덴 공작이 씩 웃었다. 이 전쟁은 자신의 승리로 끝날
것이라는 확신에 찬 미소였다.

*   *   *

바올라 제국군이 휴식을 취할 때, 아덴 공작군이 발 빠르
게 움직였다. 쉴 새 없이 북을 치고, 뿔피리를 불면서 바올
라 제국군을 괴롭혔다. 적들은 올 듯하면서도 오지 않았다.
계속 간을 보고 있었다.

"아무래도 아덴 공작이 우리에게 휴식을 주지 않으려는
모양입니다."

남바른 공작은 산 아래로 그들을 내려다보며 침음했다.
일단 근접하면 화살을 날리고 있긴 한데, 화살이 날아오면
일제히 후퇴했다가 다시 오는 일이 비일비재했다. 산을 여
러 차례 올랐을 것이고, 이미 지쳐서 휴식을 취할 것을 예

상하고 취한 작전이라고 판단한 남바른 공작은 마음에 안 든다는 표정이었다. 엘리즈도 적들이 움직이고 있다는 보고를 듣고 휴식을 취하다 막사 밖으로 나와 그들을 지켜보는 중이었다.

"무시하고 휴식을 취하는 것은요?"

"더 위험한 행동입니다. 적들은 이미 무장을 끝낸 상황입니다. 올 듯하면서 오지 않는 것은 우리의 휴식을 방해하기 위해서 하는 행동이지만, 조금이라도 빈틈이 보인다면 공격을 개시할 겁니다. 빈틈이 생기는 순간 끝입니다."

아덴 공작은 절대 자신들의 뜻대로 일이 진행되지 않게 하겠다는 듯 몰아치고 있었다. 마치 그의 손바닥 안에서 놀아나는 기분이었다. 자신은 괜찮겠다고 생각해 일을 진행시키고 있는데, 아덴 공작은 그것을 예측하고 있다는 듯이 그에 맞서 전략을 구사하고 있었다.

"정말 계속 난감하게 만드는군요."

"이게 다 제 실력이 미천한 탓입니다. 송구하옵니다, 황제 폐하."

"남바른 공작께서 미천하다니요. 가당치 않은 소리예요."

누구라도 아덴 공작 앞에서라면 작아질 것이다. 그는 상대의 행동을 미리 예측하고, 그에 맞게 대처하며 빠르게 전략을 구사했다. 아루스와 비슷하다고 할 수 있었다. 아루스도 수많은 적들 앞에서 절대 기죽지 않고 싸운 결과 승리했다. 불리한 조건 속에서도 이점을 찾으려고 했다.

'지금 아덴 공작은 우리를 말려 죽이는 방법을 가장 선호할 거야.'

아덴 공작도 알 것이다. 보급로가 끊기고 고립된 엘리즈의 군단이 얼마나 힘든 상황인지. 식량 사정이 얼마나 나쁜지 정확히는 알지 못하지만, 대충 짐작은 하고 있을 것이다. 엘리즈는 여러 가지 상황을 생각했다. 이곳에서 버티며 발렌의 병력을 기다리느냐, 아니면 포위망을 뚫느냐.

'이곳에 있는 것이 더 위험하다.'

발렌이 제때 도착하여 후미에서 공격을 가해 주면 포위망에서 벗어날 수 있을 테지만, 아직 발렌의 위치를 몰랐다. 이미 발렌과 합을 맞추기 위해 마법 통신구로 통신을 시도했지만, 두절된 상태다. 적들이 통신구를 이용하지 못하도록 방해 마법을 쓰고 있다는 뜻이다. 발렌은 물론 다른 군단에도 연락할 방법이 없었다. 전령을 보내려고 해도 곳곳에 배치된 아덴 공작군의 눈을 피하기가 힘들어 불가능했다.

'그렇다면…….'

엘리즈는 지금 마음을 정했다.

"남바른 공작."

"예, 황제 폐하."

"지금 당장 작전을 실행합니다. 모든 힘을 한곳에 집중시켜 포위망에서 벗어납니다."

남바른 공작의 눈이 커진다. 설마 바로 돌파하자고 할 줄은 몰랐기 때문이다.

"너무 무모하지 않겠습니까?"

"저들은 제대로 공격할 의사가 없습니다. 그저 간을 보며 빈틈을 찾으려고 할 뿐이죠. 계속 이곳에서 방어만 하고 있는 우리가 일제히 돌격하면 저들도 순식간에 전열이 흐트러지게 될 겁니다. 그렇다면 우리는 포위망에서 벗어날 수 있게 되겠지요."

"위험한 도박입니다, 황제 폐하."

그녀의 말처럼 일이 잘 풀리면 포위망에서 벗어날 수 있겠으나, 그에 따른 피해도 만만치 않을 것이다.

"남바른 공작."

"예, 황제 폐하."

"시간은 우리의 편이 아닙니다. 이대로 가만히 있으면 굶어 죽거나 적들에게 죽거나 둘 중 하나입니다. 여기서 상황이 더 악화되면 탈영병과 투항병이 생기게 될 겁니다."

"……."

남바른 공작이 가만히 침묵하며 그녀를 바라보았다. 그녀의 말이 아주 틀린 건 아니다. 시간은 아군의 편이 아닌, 적군의 편이다. 탈영병도 문제지만, 투항병이 생기면 아군의 상황이 적군들에게 알려지게 된다. 식량 사정이 좋지 않은 것은 알고 있으나, 얼마나 남았는지 알 방법이 없다. 이는 가장 위험한 상황을 초래하게 된다.

'믿을 건 마이셀 백작의 병력이 합류하는 것뿐인데…….'

발렌의 병력이 아덴 공작령에 몰래 침투했다고는 하는데, 어디에 있는지 알 방법이 없고, 그들과 마주칠 수 있다고 확신할 수도 없었다. 결국 도박을 해야 하는 것이다.

"명을 받들겠습니다. 제가 길을 뚫을 수 있도록 하겠습니다."

목숨을 걸 준비가 되었다는 듯, 그의 눈빛이 비장해졌다.

Chapter 07

후퇴

전쟁에서 공을 세워 출세하고자 하는 자, 당장 그 꿈을 접어라. 전쟁은 그대가 상상하는 것만큼 좋게 진행되는 것이 아니다.

—바올라 제국 초대 황제, 세인브리트 폰 바올라의 말—

* * *

"와아아아!"

엘리즈의 명령이 떨어지고, 바올라 제국군이 함성을 지

르며 한곳으로 병력을 집중하기 시작했다. 아덴 공작군은 갑자기 한순간에 몰려오는 바올라 제국군으로 인해 당황해하고 있었다. 남바른 공작이 중무장을 한 채, 선봉에 서서 길을 틀고 있었다.

"적들의 전열이 흐트러졌다! 이 산만 넘으면 평원이다!"

남바른 공작이 창대에 걸린 깃발을 높이 들며 명령한다. 기사들이 그의 뒤를 따르며 길을 틀기 시작했다. 갑작스러운 기습에 적들이 크게 당황한 듯 어쩔 줄 몰라 하고 있었다. 마법 병단도 모든 힘을 쏟아 부어 화력을 한곳에 집중시키고 있었다. 지금을 기회로 더욱 몰아붙였다. 결국 산을 쉬지 않고 오르게 된 바올라 제국군. 그리고 산을 넘어 평원에 발을 디뎠다.

"공작 전하, 포위망에서 벗어났습니다!"

남바른 공작의 참모가 다가오며 크게 기뻐하고 있었다. 이제 하벨로 백작령으로 후퇴할 수 있다는 희망에 어찌 기쁘지 않을 수 있을까. 하나 남바른 공작의 표정은 그리 썩 좋아 보이지 않았다.

"이상하군."

"예?"

"예상보다 너무 쉽게 뚫었어."

적들의 군세를 보아서 너무 쉽게 뚫은 감이 없잖아 있었다. 그동안 아덴 공작이 보인 결과와 판이하게 달랐다. 수상하다고 느끼고 있는 그때 엘리즈가 그에게 다가왔다. 그녀의 이마에 땀이 송골송골 맺히다 못해 뺨을 따라 대지로 떨어지고 있었다. 그녀도 조금이라도 화력을 높이기 위해 마법 병단들과 함께 마법을 쏘며 온 것이다.

"남바른 공작. 뭔가 수상하지 않나요? 너무 쉽게 뚫었습니다."

수상함을 느낀 것은 엘리즈도 마찬가지였다. 예상한 것보다 너무 쉽게 포위망을 뚫으니 그녀도 수상쩍게 느낀 것이다.

아덴 공작이 또 무슨 생각을 하고 있는 것이거나, 아니면 예상 외로 아덴 공작이 방심하여 생긴 일이라는 가능성이다. 후자이기를 바랐지만, 아덴 공작은 결코 방심 같은 것을 할 사람이 아니다.

"……이거 아무래도 우리가 또 당한 것 같습니다."

남바른 공작은 기가 찬 표정으로 정면을 응시했다. 엘리즈도 남바른 공작의 시선을 따라갔다. 넓게 펼쳐진 평원에 아덴 공작군 다수가 이쪽으로 다가오고 있었다. 산 쪽에 병력을 집중시킨 줄 알았더니 그게 아니었다. 오히려 산에 배치한 병력은 일부였을 뿐이다. 남바른 공작이 뒤를 바라보니 그곳에는 벌써 전열을 갖춰 산등성이 위에서 이쪽을 바라보고 있는 아덴 공작군을 볼 수 있었다.

"아무래도 아덴 공작의 손에 또 놀아난 것 같습니다, 황제 폐하."

포위망을 벗어나기 위해 기껏 산을 내려온 것이 화근이었다. 갈 곳이 없다. 말 그대로 사방에 적이 있었다. 뒤에는 고지에 있는 적들, 정면에는 대규모의 병사들. 아덴 공작군이 바올라 제국군을 점점 옥죄어 오고 있었다.

'산을 넘느라 아군이 많이 지쳐 있다. 싸워 이길 가능성이 너무 희박하구나!'

포위망을 뚫겠다고 거의 대부분의 마나를 소비한 마법사들의 화력 또한 기대할 수 없었다.

'게다가 적의 선두에는……'

아덴 공작이 있었다. 아덴 공작은 말을 타고 이쪽으로 접근해 오고 있었다. 그의 표정을 보아하니 이제 승부는 났다는 듯 보였다.

"아버지."

그때 레딘이 남바른 공작에게 다가와 그를 불렀다. 남바른 공작이 그를 바라보았다. 그러나 레딘의 눈은 한곳에 집중되어 있었다. 바로 아덴 공작에게 말이다. 그저 자신을 부르는 것뿐이지만, 레딘의 비장한 표정을 보고 무슨 말을 하고 싶은 건지 짐작할 수 있었다.

"네가 무슨 생각을 하는지, 무슨 의도로 날 불렀는지 짐작은 간다만, 확실히 하기 위해 물어보마. 왜 부르는 것이더냐?"

"절 보내 주십시오."

역시나. 남바른 공작은 자신의 짐작이 맞았다고 생각하며 한숨을 내쉬었다. 레딘은 자신이 앞장서서 포위망을 뚫으려는 생각이었다. 엘리즈가 그의 팔을 붙잡았다.

"지금 그대가 시간을 벌겠다는 거죠? 위험한 일입니다. 레딘 공자."

엘리즈는 그가 하려는 것이 무엇인지 짐작하고 뜯어말렸다. 아덴 공작은 지략가만이 아니라 기사들 사이에서도 뛰어난 검사라 불리는 자이다. 마스터급 기사. 제아무리 레딘이 오러 나이트급 기사라고 하더라도 경지와 경험, 그리고 힘에서 차이가 났다. 절대 이길 수 없다.

"……."

레딘은 말이 없었다. 침묵은 긍정이라고 했던가. 엘리즈가 단호하게 거부 의사를 나타냈다.

"안 됩니다. 그 의견은 제가 반대하겠습니다."

"윤허하여 주십시오, 황제 폐하."

"안 됩니다."

"시간을 최대한 끌고 복귀하겠습니다."

"말도 안 되는 소리 하지 마세요, 레딘 공자. 그게 가능한 일이라고 생각하세요?"

너무도 위험하다. 어떻게 저 많은 수의 병사들을 상대로 시간을 끌고 다시 돌아온다는 소리인가. 제아무리 중무장을 했더라도 쉽사리 할 수 있는 것이 아니었다.

"황제 폐하. 지금의 전 남바른 귀족가의 차남 레딘이 아닌, 폐하의 기사입니다. 호칭을 정정해 주시옵소서. 위험은 알지만, 기사란 제아무리 목숨이 걸린 일이라도 주군을 위해서라면 언제든 명령을 이행하는 자들을 말합니다. 황제 폐하를 지금까지 옆에서 바라보면서 늘 생각했습니다. 황제 폐하를 위해서라면 이 목숨, 아깝지 않을 거라고."

레딘이 미소를 보였다. 엘리즈는 순간 아무 말도 못하고 숨을 삼켰다. 이를 바라보고 있던 남바른 공작이 입을 열었다.

"네가 시간을 벌 수 있겠느냐?"

살아 돌아올 수 있냐는 말은 하지 않았다. 남바른 공작도 레딘이 죽을 때까지 싸울 생각을 하고 있음을 알고 있었다.

"예. 쉰 명의 기사를 제가 지휘할 수 있도록 해 주십시오."

남바른 공작은 1군단에서 엘리즈 다음으로 명령권을 가지고 있었다. 이제 분대장 정도의 위치를 가진 레딘이 명령을 내리기에는 부족했다. 그러나 남바른 공작은 레딘이 전투에 얼마나 능한지 잘 알고 있다.

"알겠다. 너와 같은 근위 기사들이 네 명령을 받기는 곤란할 테니 우리 가문의 기사들을 데리고 가거라. 그들과 함께라면 충분하겠지?"

"예, 아버지."

남바른 공작은 빠르게 쉰 명의 기사들을 선출해 레딘에게 붙여 주었다. 엘리즈는 말리고 싶었지만, 그의 뜻이 너무 완고해 말리지 못한 채 그를 지켜보았다. 레딘은 뒤를 돌아보지 않았다.

레딘의 검에서 검기가 피어올랐다. 모든 힘을 쥐어 짜내 죽음을 각오했다. 그가 허리에 찬 검을 높게 쳐들어 올리며 말을 타고 선봉에 서며 적들에게 소리쳤다.

"난 황제 폐하의 검이자, 방패이며 바올라 제국 근위 기사 레딘 폰 남바른이다! 황제 폐하의 앞길을 막는 이가 있다면 내가 목숨을 바쳐 뚫을 것이다!"

레딘이 아덴 공작이 있는 곳으로 내달렸다. 남바른 공작이 엘리즈에게 소리쳤다.

"황제 폐하, 포위망을 뚫겠습니다!"

남바른 공작은 다른 방향으로 내달렸다. 엘리즈가 뒤를 돌아 레딘이 아덴 공작을 향해 달려가는 것을 보며 이를 꽉 깨물었다. 말리고 싶지만 말리지 못하는 현 상황이 너무도 애석하다. 아이벤 대륙 최강국의 황제면서 아무것도 못 하는 자신이 너무도 원망스러웠다.

*   *   *

"영주님, 제1군단이 남쪽으로 15km도 떨어지지 않은 것 같습니다. 현재 적들의 포위망을 뚫고 오는 것이리라 추측됩니다."

제1군이 어디 있는지 정보를 모으던 엔더크 자작이 발렌에게 보고를 했다. 예상보다 가까이에 있어 발렌은 놀라고 있었다.

"생각보다 가깝네요."

"예상보다 빠르게 오는 것을 보면…… 피해가 꽤 큰 모양입니다."

"그건 무슨 소리죠?"

빨리 오는 것과 피해를 많이 입은 것의 연관이 뭐냐는 듯 묻자, 엔더크 자작이 대답해 주었다.

"아무래도 인원이 많으면 그만큼 진군이 느려질 수밖에 없습니다. 아무리 적게 잡아도 30km 떨어져 있을 것이라 예상했는데 그 절반이라면 그만큼의 병력을 잃었다고 볼 수 있습니다."

"……."

그렇게 예측을 할 수 있다는 걸 처음 안 발렌. 엔더크 자작의 말이 사실이라면 이미 아군의 병력의 10만이 아니라 7만을 웃도는 정도일 것이다. 제5군과 다를 바 없는 피해이다.

"다행히 아직 황제 폐하께서는 무사하신 것 같습니다. 아덴 공작이 황제 폐하를 잡는 자에게 포상을 주겠다고 수배서까지 돌렸다 합니다."

엔더크 자작이 그에게 그 수배서를 건네주었다. 수배서에는 엘리즈의 얼굴과 함께 수배금이 적혀 있었으며 신분에 상관없이 공을 인정해 주어 신분 상승을 보장한다고 공표하기까지 했다.

"아주 작정을 했나 보네요."

"예, 아덴 공작의 입장에서는 황제 폐하를 붙잡기만 하면 전쟁을 끝낼 수 있을 테고, 자신의 죄를 업적으로 인정하게 할 방법이 될 겁니다."

엘리즈를 붙잡아 협박하기만 해도 그들에게는 큰 이익이 된다. 당연하지만 아덴 공작이 황성에서 왜 그런 짓을 벌였는지에 대한 말 같지도 않은 변명을 한다고 해도 인정할 수밖에 없게 만들 수도 있을 것이다. 그렇게 되면 아덴 공작은 정당한 일을 한 것이 되고, 모든 잘못은 바올라 제국이 뒤집어쓰게 된다.

"영지전을 할 때도 그랬지만, 전쟁도 참 승자의 입맛에 좋게 진행되는군요. 누가 봐도 아덴 공작의 잘못인데 그것이 우리의 잘못이라고 인정하는 상황도 벌어질 수 있으니까요."

"원래 모든 전쟁이 그렇듯 승자가 모든 것을 가져가는 법입니다. 모든 불이익은 패자의 몫이 되지요."

참 치사하고 더럽다는 생각이 들지 않을 수 없었다. 발렌이 인상을 찌푸리며 수배서를 그 자리에서 갈기갈기 찢어 버렸다.

"적들은 어떻게 하고 있죠?"

"적들의 움직임이 예사롭지 않습니다. 일부 병력들이 계속 후방으로 오면서 증원되고 빠지고를 반복하고 있습니다."

"그건 무슨 뜻이죠?"

"아무래도 아덴 공작은 포위망이 뚫릴 것까지 생각해 병력을 계속 움직이고 있나 봅니다. 그것도 계속 아군의 동태를 살피면서 움직이는 것 같습니다. 듣자 하니 메이어 신성 제국의 알테미아 교단이 각 영지에 지원해 준 마법 통신구가 꽤 많다고 합니다."

발렌이 혀를 내둘렀다. 후방에 위치한 병력과도 통신할 정도면 얼마나 많은 마법 통신구를 가지고 있다는 소리인가. 정작 이쪽에서는 가지고 있어도 마법 통신구의 연결을 방해하는 마법을 시전하여 연락할 방법도 없는데 말이다.

『참 시대가 좋아졌구나. 마법으로 멀리 있는 아군과 연락을 주고받을 수 있다니 말이야. 굳이 전령을 안 보내도 되니 편리하구나.』

리티가 신기하다는 듯 말하자 발렌이 대답했다.

'그건 메이어 신성 제국이 이상한 거예요. 보통 마법 통신구는 각 군단에 하나씩 있고, 소지하고 있는 영지도 일부이니까요.'

『내가 가장 의문인 건 바올라 제국은 현재 아이벤 대륙 최강국이라고 했잖느냐. 왜 바올라는 메이어 신성 제국처럼 그게 안 되더냐?』

'메이어 신성 제국은 교단이 정치에 관여하고 있으니까요. 메이어 신성 제국 내의 알테미아 교단은 옛날부터 각 산업에도 손을 뻗어 돈이 많다고 들었어요. 아마 그동안 쌓아 놓은 재력을 이용한 거겠죠. 국가의 돈이 아니라 교단의 돈이라 나라에서는 한 푼 안 들이고 배치할 수 있던 거겠죠.'

한 푼 안 들인 것은 좀 과장된 말이지만, 훨씬 저렴한 가격에 구입한 것이 아닐까 싶다. 일단 메이어 신성 제국은 세기어 왕국보다는 아니지만 마정석 광산이 많이 있는 나라이니 말이다.

"어쨌든 중요한 건 황제 폐하를 어떻게 구출하느냐 이죠. 엔더크 자작. 좋은 계획이 없을까요?"

아무래도 1,000명의 병사가 다수의 적을 상대하기에는 적들이 너무 많다. 제아무리 신무기가 있다고 하더라도 이곳은 평원이다. 급하게 오느라 목벽을 만들 나무를 가지고 오지 않은 데다 기동성을 위해 대형 실린더도 두고 왔다. 그 때문에 다수의 적에게 피해를 입힐 수는 있어도 역으로 당할 확률이 컸다.

최대한 오랫동안 적들에게 들키지 않아야 하는 것이 이번 작전의 핵심이다. 발렌이 좋은 묘수가 없는지 묻자 그가 잠시 생각에 잠겼다. 한참 생각하던 엔더크 자작이 좋은 생각이 났다는 듯 무릎을 쳤다.

"영주님, 우리도 적들처럼 움직이는 게 어떨까 싶습니다."

"우리도 같이 움직이자고요? 적이라는 걸 들키지 않을까요? 설사 들키지 않는다 하더라도 나중에 피아를 구분하기 어려워지면 더 곤란해지잖아요."

"그들과 섞여서 움직이자는 말이 아닙니다. 우린 적들의 뒤에서 그들을 따라 계속 이동하자는 얘기입니다. 그렇게 하면 우리도 아군의 위치를 찾을 수 있지 않겠습니까? 도중에 황제 폐하가 붙잡힌다면…… 다른 계획을 세워야 하겠지만, 그래도 그들도 평소와 다른 움직임이 있어 바로 알 수 있어 바로 계획을 세울 수 있을 겁니다. 만약 일이 잘 풀려 황제 폐하께서 무사히 빠져나온다면 바로 합류할 수 있지 않겠습니까."

그 말을 듣고 발렌이 멋진 생각이라며 감탄했다. 그 방법이 현 상황에 가장 적합한 전략이었다.

"영주님! 영주님!"

다급하게 발렌을 부르는 목소리와 함께 정찰병이 발렌의 앞에 도착했다.

"현재 아군의 위치를 확인했습니다."

"정말인가요?"

그 말에 발렌이 반색했다. 아군의 위치를 벌써 찾았을 거라 생각하지 못했기 때문이다. 하지만 어째서인지 정찰병의 표정은 썩 좋아 보이지 않았다.

"그런데 제1군의 상황이 좀 급박하게 돌아가는 것 같습니다."

"급박하게 돌아간다는 건 무슨 소리인가요?"

"모든 병력이 총동원되어 싸우고 있다고 합니다. 아무래도…… 포위망을 뚫기 위해 총력전을 벌이고 있는 것 같습니다."

"……!"

발렌과 엔더크 자작의 눈이 휘둥그레졌다. 전쟁에서 가장 위험한 것이 바로 총력전이다. 모든 병력을 다 동원해서 싸운다는 것은 승리 아니면 패배밖에 없는 위험한 싸움인 것이다. 그만큼 아군이 수세에 몰려 있고 위기에 처해 있다는 소리였다.

"그렇다면 당장 구하러 가야죠!"

발렌이 지금 당장 엘리즈를 구출하러 가고자 자리에서 벌떡 일어나자, 엔더크 자작이 말렸다.

"안 됩니다, 영주님. 지금 적들의 수는 적어도 15만이라고 하는데, 그들에게 무작정 덤볐다가는 영주님까지 위험해질 수 있습니다."

"전장의 상황이 급박하다고 하잖아요, 엔더크 자작!"

"방금 제가 말한 작전을 잊으셨습니까? 흥분을 가라앉히십시오, 영주님!"

엔더크 자작만이 아니라 그의 주위에 있던 참모들도 그를 말린다. 곧 진정한 발렌이 자리에 앉았다.

"현재는 아까 제가 말씀드린 대로 적들을 계속 쫓아가며 아군이 올 때까지 기다리는 것이 정답입니다. 아군의 입장에서는 우리가 후미에서 공격해 길을 뚫어 주길 원하겠지만, 좋은 방법은 아닙니다. 마법 통신구를 써서 바로 연계할 수도 없고, 따로 신호도 주고받지 않았으니 도리어 아군을 헷갈리게 만들 확률도 있습니다."

급박한 전장 속에서는 판단을 잘하는 것이 가장 중요하다. 아군의 판단을 잘못 내리게 하는 것은 더 많은 피해를 불러일으킬 수 있었다.

"좋아요, 엔더크 자작의 말에 따를게요. 하지만 황제 폐하가 붙잡힐 것도 가정하고 다른 작전도 생각해 주세요."

"예, 영주님."

* * *

50명의 기사들은 적들의 발목을 잡기 위해 남아서 싸웠으나, 역시 수적 열세에는 어쩔 수 없었다. 50명의 기사들은 끝까지 싸우다 결국 전사했고, 레딘 혼자만 남게 되었다.

"그대가 바로 남바른 공작가의 차남이자 바올라 제국 황실 근위 기사인가?"

아덴 공작이 말에서 내린 채 그를 바라보고 있었다.

"그렇다."

"영광이로군. 그대에 대한 얘기는 들었네. 그대가 전대 황제와 비등한 실력을 가진 이라고?"

"전대 황제 폐하께서는 나보다 더 대단한 분이시다."

"그런가? 뭐, 이미 사라진 황제는 내 알 바 아니고, 중요한 건 그대가 나와 마주쳤다는 게지."

그러더니 그가 주위를 둘러본다. 아군, 적군 할 것 없이 많은 사상자들이 나왔다.

"50명이 해낸 일이라고는 볼 수 없는 일이군. 그 적은 숫자로 확실히 시간을 끌었으니 말이야. 젊지만 정말 대단하구나."

레딘이 지휘한 50명은 한 명당 100명의 몫을 했다고 볼 수 있었다. 아덴 공작군이 엘리즈를 추격하지 못하도록 계속 움직이며 길목을 막고, 시선을 돌리기까지 했다. 아덴 공작은 진심으로 그를 칭찬한 것이다.

"적으로 마주치지 않았더라면 같이 술이라도 마시며 담소를 나눴을 텐데. 상당히 아쉽군."

"적으로 마주치게 된 이유가 그대가 대축제 때 벌인 일 때문이라는 것을 모르는 건 아니겠지?"

레딘은 적의로 가득 찬 눈빛으로 그를 노려본다. 이 전쟁이 벌어지게 된 원인을 제공한 이가 천연덕스럽게 말하니 화가 치밀어 올랐다.

"이대로 순순히 투항하는 게 어떻겠나? 난 적은 가차 없이 죽여도 포로는 죽이지 않는 편이네."

"투항? 내가 네놈에게 투항할 것이라 생각했느냐? 난 바올라 제국 황실 근위 기사 레딘 폰 남바른이다. 네놈이 감히 바올라 제국의 자존심에 금을 내고, 내 친구를 죽이려고까지 한 것도 모자라 이젠 날 모욕하려 드는 것이냐!"

레딘이 진심으로 열 받은 듯 얼굴이 붉게 달아올랐다. 아덴 공작은 그의 말에서 뭔가 의아한 것을 찾아냈다.

"친구를 죽이려 들다니? 그게 무슨 소리…… 설마 마이셀 백작을 말하는 것인가?"

잠시 넋을 놓고 레딘을 바라보던 아덴 공작. 레딘이 아무 말 없이 그를 노려보자 그가 하하 웃었다.

"마이셀 백작이 굉장히 많은 공을 세웠다는 얘기를 듣기도 했고, 자네의 가문에서 비호를 해 준다고 들었긴 했지만, 설마 그자와 자네가 친구였을 줄이야. 그건 미처 몰랐던 사실이로군."

재밌는 사실을 알았다는 듯 박장대소하는 아덴 공작. 전장 한복판이라는 것을 잠시 잊을 정도로 여유 있는 모습이었다.

"그런가. 마법사와 기사는 서로 앙숙인데, 친구로 지내고 있다니. 드문 일이로군."

"그는 마법사이기 전에 배울 점이 많고, 명예를 아는 자
다."

"자네가 보기에는 그런가? 난 그래 보이지는 않더군.
뭐, 지식이 많다는 건 인정하겠다만, 명예보다는 자기 살길
을 찾아 헤매는 불쌍한 자로 보였을 뿐이네."

"이제는 내 친구를 모욕하기까지 하다니. 네놈을 절대로
용서하지 않겠다! 반드시 널 이 검으로 벨 것이다!"

레딘이 아덴 공작에게 달려들었다. 레딘의 검에 푸른 기
운이 머물더니 아덴 공작에게 날아들었다. 아덴 공작은 그
자리에 서서 검을 휘둘렀다. 방출형 무투기. 레딘이 날린
검기가 유리 조각처럼 흩어지는 것도 모자라, 그에게 다시
날아들었다.

"흠?"

그런데 아덴 공작이 자신의 눈을 의심했다. 옆으로 피할
줄 알았던 레딘이 이쪽으로 달려들고 있는 것이다. 제아무
리 단단하게 무장을 하고 있더라도 무투기의 마나는 갑옷
을 파괴하고도 살을 절단할 정도로 강하다. 피할 수밖에 없
는데 그는 돌진해 오고 있었다.

'잠깐, 저건……..'

아덴 공작은 레딘의 몸에서 피어오르는 푸른 기운에 집
중했다. 그의 몸에 푸른 기운이 머무르며 자신에게 날아오

는 파편을 모두 맞고 있었다. 그 때문에 몸이 절단되지 않고 그에게 접근할 수 있었다.

"죽어!"

순식간에 아덴 공작에게 접근한 레딘. 아덴 공작의 눈이 부릅떠진다. 제아무리 마스터급 기사라고 하더라도 방심은 금물인 법. 그가 승리를 확신하며 검을 위로 쳐올리는 그 순간, 아덴 공작의 입가에 미소가 피어올랐다.

"무모하지만 좋은 시도였다."

그 말과 함께 레딘의 복부 갑옷이 파괴됨과 동시에 피가 치솟아 올랐다. 아덴 공작은 레딘이 인지하지 못한 그 상황에 검을 휘두른 것이다.

레딘이 그 자리에 쓰러졌다. 그가 복부에서 느껴지는 화끈한 통증에 괴로워하면서 이해할 수 없다는 듯 아덴 공작을 바라보았다.

"고통도 못 느끼게 해 주려고 했는데, 좀 짧았군. 그래도 시도는 좋았다. 확실히 날 당황스럽게 했으니까."

당황했다는 것치고는 여유로웠던 것 같았다.

"과연. 남바른 공작가의 위상을 알 것 같군. 게다가 이렇게 젊은 나이인데도 재능이 뛰어나고 말이지. 거기다 두 개 이상의 무투기를 사용하는 것도 그렇고. 상황에 따라 성가실 수 있겠어."

아덴 공작이 손을 뻗어 레딘의 목에 걸려 있는 목걸이를 꺼냈다. 알테미아교를 상징하는 목걸이였다. 그는 비웃으며 목걸이를 놓았다.

"재능의 결점이 무엇인지 아는가? 바로 경험의 차이다. 내가 비록 네놈보다는 재능이 적으나, 나는 노력과 경험을 쌓아 지금의 자리에 오를 수 있었다. 내가 그간 전투를 하면서 자네 같은 자를 못 만났을 것 같나? 자네는 너무 재능을 믿었군. 재능이 있어도 경험을 키워야 하는 법이거늘."

천천히 그의 옆에 서서 심장을 향해 검을 겨누는 아덴 공작.

"그대의 재능은 아쉽지만 여기서 끝이다. 알테미아 교단의 신자인 만큼 고통 없이 보내 주도록 하지."

아덴 공작이 검이 레딘을 향해 날아들었다.

"레딘!"

그리고 발렌이 다급히 자신을 부르는 환청이 들려왔다. 레딘은 죽을 때가 되니 친구의 목소리가 들리는구나 싶었다. 그래도 환청이라 할지라도 마지막으로 친구의 목소리를 들을 수 있었으니 만족하며 죽을 수 있겠구나 싶었다. 그가 조용히 눈을 감았다.

* * *

"이런. 적인가."

'이제 다 끝났다'라는 생각이 머릿속에 퍼졌다. 적들이 눈앞에 또 있다. 레딘이 목숨을 걸고 시간을 벌고 있는데, 적들이 또 앞에 나타나다니. 이래서는 끝이 없다. 적들의 숫자가 많지 않지만, 그래도 적다고 할 수는 없다. 레딘이 버티는 것도 한계가 있다. 후방의 적군이 바짝 추격해 올 텐데, 이곳에서 시간을 끌릴 수 없었다. 남바른 공작이 이를 아득 물었다. 이를 지켜보던 베세르가 이번에는 자신이 나서고자 했다.

"황제 폐하, 이번에는 제가……."

그가 말하려고 하는데, 남바른 공작이 팔을 들어 제지하며 말을 가로챘다.

"아니, 이번에는 제가 직접 시간을 끌도록 하겠습니다."

"남바른 공작?!"

"아버지!"

엘리즈와 베세르가 놀란 눈으로 남바른 공작을 바라본다.

"베세르, 넌 남바른 가문의 후계자다. 레딘도 이미 목숨을 걸고 있다. 나보다 네가 중요하다. 이 날을 잊지 말고 가슴에 새겨라. 남바른 공작가의 영주는 전장에서 두려움을 모르며 언제든 나라를 위해 목숨을 버릴 각오를 해야 한다는 것을."

남바른 공작의 말에 베세르가 더 이상 말을 잇지 못했다. 남바른 공작이 투구를 더욱 깊게 눌러쓰며 창을 오른손에, 검을 왼손에 들었다.

"남바른 가문의 기사들이여, 황제 폐하를 위해 죽음에 맞서는 우리의 기사들이여! 창을 높게 들어라! 우리가 길을 튼다! 돌격!"

남바른 공작이 100명의 기사들과 함께 적군을 향해 돌격했다. 엘리즈를 안전하게 복귀시키기 위해 싸우기 위해 돌격하는 그들. 선봉에 서서 달려가던 남바른 공작이 그들과 거리가 가까워지고 있을 때였다.

쉬이이이잉! 콰아아앙!

갑자기 하늘에서 정체불명의 무언가가 날아오는가 싶더니 적들의 진형 한가운데에 떨어졌다. 갑작스러운 폭발과 함께 적 진형이 일제히 무너졌다. 그러나 그 폭발은 한 번이 아니었다. 연이어 그들에게 폭발이 일어나 폭음이 주위를 장악했다.

"정지! 모두 정지!"

남바른 공작이 손을 들어 정지 명령을 외치자, 돌진하던 기병들이 일제히 자리에서 멈췄다. 기사들은 무슨 일인지 파악하지 못해 당황하고 있었다. 이게 무슨 일인지 짐작하지 못하는데, 남바른 공작의 시선이 한곳에 꽂혔다. 적들을 후미에서 공격하는 병력을 본 것이다.

'적군?'

적군이 자신들의 아군을 공격하고 있다? 남바른 공작이 크게 당황할 수밖에 없었다. 그가 아군을 공격하는 적군을 주시한다. 그리고 이상한 점을 깨달았다.

적군의 복장을 하고 있지만, 그들의 무기는 상당히 낯이 익으면서 신선한 것이었다.

"저자는!"

남바른 공작의 얼굴이 환하게 미소 지어지고…….

타타타탕!

거대한 소리가 그들의 귓가를 강하게 때렸다. 무서울 정도로 엄청난 소리지만, 그들에게는 그 어떤 것보다 반가운 소리였다.

"공작 전하!"

아군을 공격하던 적군의 정체는 적군으로 위장한 마이셀 백작가의 병력이었다. 갑작스러운 기습에 적들이 우왕좌왕하는 동안, 제1군은 적들을 모두 섬멸하고 퇴각시킬 수 있었다. 전투를 끝내고 남바른 공작의 얼굴에 화색이 돌았다.

적군의 복장을 하고 있는 것은 마음에 들지 않지만, 발렌의 얼굴이 그 어떤 때보다 훨씬 반갑게 느껴졌다. 뒤에 있던 아군들이 천천히 모여들었다. 그중에는 엘리즈도 포함되어 있었다.

"발렌!"

엘리즈가 기쁜 마음에 발렌의 이름을 불렀다. 사람들의 이목이 집중되어 있다는 것도 모른 채, 엘리즈가 반가운 마음에 눈물을 흘리며 달려가 그를 꽉 껴안았다. 발렌이 당황한 표정을 지었다. 당황한 것은 발렌만이 아니다. 이를 지켜보던 이들도 마찬가지였다.

"화, 황제 폐하. 반가운 마음은 이해합니다만, 갑자기 이러시면 심히 당황스럽습니다."

이를 어떻게 해야 할지. 남들이 오해하지 않았으면 좋겠다는 생각을 하며 엘리즈를 떼어 내던 때였다. 엘리즈의 눈가에는 눈물이 맺혀 있는 것을 볼 수 있었다. 그녀는 어째서인지 발을 동동 구르고 있었다.

"발렌, 레딘이 위험해! 그가 시간을 끌기 위해 아덴 공작과 싸우고 있어!"

그 말을 듣는 순간, 발렌이 당황하던 기색이 싹 사라졌다. 레딘이 싸우고 있다. 그것도 아덴 공작과 말이다. 그의 눈빛이 순식간에 변했다.

"엔더크 자작."

"예, 영주님."

"황제 폐하를 안전하게 모시고 후퇴하도록 하세요. 전 레딘을 구출하러 가겠습니다."

"영주님? 그건……."

엔더크 자작은 무모하다고 말하려고 했지만, 그가 입을 열기도 전에 출발했다. 발렌은 레딘이 있는 곳으로 혼자 말을 이끌고 달렸다. 어찌나 급한지, 그는 말에게 헤이스트 마법을 걸어 주었다. 말에게 헤이스트를 걸자 어마어마한 속도로 내달리기 시작했다.

'제발 늦지 않기를!'

말이 계속 질주했다. 엄청난 속도에 적응하지 못할 정도였다. 발렌은 말에서 떨어지지 않게 고삐를 쥐면서도 정면을 놓치지 않고 응시했다. 그렇게 얼마나 달렸을까. 전장 한복판이 목격되었다. 다수의 병력이 몰려 있는 것이 보인다.

'저기로구나!'

발렌이 저기가 레딘이 전투를 벌이는 곳임을 직감하고 말을 더욱 바삐 몰았다.

"이봐, 말을 정지…… 으아악!"

메이어 신성 제국의 마법사처럼 위장한 발렌의 차림 때문에 아군이라 생각하고 잠시 정지시키려고 했던 병사들이 말에 치이기 시작했다. 적군들이 그 때문에 좌우로 갈라진다. 발렌이 적들 한복판으로 이동할 수 있었고, 곧 쓰러져 있는 레딘을 볼 수 있었다. 아덴 공작은 그 뒤에서 검을 겨누고 서 있었다.

"레딘!"

그러나 그는 대답이 없었다. 이제 아예 포기한 듯 가만히 누워 있었다. 그가 서둘러 말에 매달아 놓은 실린건을 들어 어깨에 견착했다. 말이 달리고 있어 크게 흔들리는 상태에서도 신중히 아덴 공작을 노린다. 그리고 방아쇠를 잡아당겼다.

탕!

메마른 소리가 주위를 크게 요동시켰다.

"……!"

강한 소리와 함께 아덴 공작의 검이 반으로 쪼개졌다. 순간적으로 강한 충격과 굉음에 놀란 그가 멀찍이 뒤로 도약했다. 그리고 아덴 공작의 눈이 휘둥그레졌다. 설마 이곳에 발렌이 나타나리라고는 상상도 못한 것이다.

"네놈이 여긴 어떻게……!"

아덴 공작은 발렌이 어떻게 이곳에 왔는지 믿을 수 없는 표정이다.

발렌은 아덴 공작의 말을 무시하고 서둘러 레딘의 앞에

말을 멈춰 세웠다.

"레딘!"

급하게 말에서 뛰어내린 발렌이 레딘을 일으켰지만, 그는 움직임이 없었다. 그가 화들짝 놀라며 코에 손을 갖다 대었다. 아직 숨은 쉬고 있었다. 그러나 그 숨이 너무도 미약했다. 발렌은 레딘의 복부에 난 상처가 심각하다는 걸 바로 알아챘다. 발렌은 즉시 레딘을 말에 태우고 자신도 말에 올라탔다.

"멈춰라! 아직 네놈이 여긴 어떻게 온 것이냐!"

"시끄러워!"

"내가 순순히 네놈을 보내 줄 것 같더냐!"

아덴 공작이 칼로 그를 위협한다. 그러나 발렌은 전혀 겁먹지 않았다. 오히려 더 역정을 냈다.

"바쁘니까 입 다물고 있어!"

"오냐, 그렇다면 어찌 된 건지 내 직접 무력으로 불게 해 주마."

아덴 공작이 움직이려던 찰나, 발렌이 품에서 뭔가를 꺼냈다. 그것은 마정석이었다. 사람 얼굴만 한 크기의 마정석. 그 마정석은 엄청난 양의 마나를 품고 있었다. 아덴 공작조차 경계할 만했다. 저만한 마나를 품은 마정석이라면 그가 제아무리 위저드급 마법사라도 아크 메이지급 마법을

2회 정도 발현할 수 있을 것이다.

"움직이는 새끼 한 명이라도 있으면 자폭할 줄 알아!"

명백한 협박. 발렌의 위협은 제대로 먹힌 듯 모두가 움찔거렸다. 아덴 공작도 쉽사리 움직이지 못했다. 이 거리에서 아크 메이지급 마법을 무투기로 없애기에는 불가능하다. 발렌은 중얼중얼거리기 시작했다. 순간 아덴 공작이 아차 싶었다.

"이런!"

발렌이 캐스팅을 하고 있는 것이다. 그의 주위로 엄청난 마나가 모여든다. 더 정확하게는 마정석에서 뿜어지는 마나를 이용하고 있었다. 마정석이 라이트 스톤처럼 빛을 뿜어낸다. 도대체 무슨 일을 벌이려고 하는 것인지 알 수 없지만, 분명 엄청난 마나를 요구하는 마법이었다.

"아덴 공작. 대축제 때 신세 많이 졌다. 그때 내가 받은 그대로 되돌려 주마."

그 말과 함께 아덴 공작의 주위로 성기사들이 모여들어 방패로 감싸고, 방어 마법을 잔뜩 걸었다. 최소한 아덴 공작만이라도 지키기 위함이다.

"텔레포트!"

마정석에서 빛이 발하며 둘의 모습이 완전히 사라졌다. 언제 그랬냐는 듯 주위에 있던 빛이 싹 사라지고, 공허함만이 그 앞에 놓였다. 모두 멍한 시선으로 그 자리를 바라보았다.

"핫!"

그 광경을 보고 멍하니 있던 아덴 공작의 입이 쭉 찢어졌다.

"하하하! 이런 감쪽같이 속았군! 설마 텔레포트를 사용할 줄이야."

자신이 발렌을 죽이려고 했을 때와 같은 상황이다. 그가 한 방 먹었다는 듯 크게 웃었다. 웃으면 안 되는 상황인데도 왜 웃음이 나오는지 모르겠다. 그는 한참 그 자리에서 폭소하더니 곧 몸을 뒤로 돌렸다.

"황제와 마이셀 백작을 놓친 건 아쉽지만, 시간문제일 뿐이다. 현 시간부로 우린 아국의 영토를 모두 수복하고, 바올라 제국으로 진격한다!"

"와아아아아!"

거친 함성이 사방으로 울려 퍼졌다. 그리고 한 달 뒤. 하벨로 백작령이 모두 아덴 공작에게 떨어지게 되었다.

Chapter 08

알레하그라 전투

분위기가 반전되어 하벨로 백작령을 모두 수복
한 아덴 공작. 바울라 제국군은 아덴 공작군이 온
다는 말에 지레 겁을 먹은 상태였다. 전투를 하지
못할 정도로 사기가 저하되자, 결국 바울라 제국군
은 자국으로 후퇴하기로 결정하고, 아덴 공작은 계
속 진격했으며 마이셀 백작령이 위기에 처하게 되
었다. ……(중략)…… 이후 적들을 막기 위해 마이
셀 백작이 엘리즈 황제에게 한 가지 청을 하는데,
이것이 바로 대영웅이 탄생하게 되는 전투이다.

　　　―『대영웅의 탄생』中―

　　　　　*　　　*　　　*

　아덴 공작의 반격은 거칠 게 없었다. 세르데니스 무역 도
시는 물론 팔론 성, 카르가스 성, 바나코스 성이 모두 아덴
공작에게 떨어졌다. 발렌이 센티스 백작가와의 영지전으
로 얻은 영지인데, 그것을 모두 아덴 공작에게 빼앗긴 것이
다. 연이은 패전으로 병력의 수가 많이 줄어든 바올라 제국
군의 사기가 떨어질 대로 떨어졌다. 발렌의 눈 밑에도 검은
그림자가 드리워졌다.

　'알레하그라까지 오게 되다니. 도대체 어떻게 그들을 막
아야 하지?'

　적들은 팔론 성을 점령하고 며칠째 그곳에서 휴식을 취
하는 중이었다. 그동안 제대로 된 휴식을 취하지 못하고 전
선을 누비기만 했기에 아덴 공작이 휴식 명령을 내린 것 같
았다. 덕분에 바올라 제국군은 재정비를 할 시간을 벌기는
했으나, 여전히 압박감이 아군들을 조여 오고 있었다. 언제
든 다시 적들이 올 수 있다는 생각에 하루하루가 걱정스러
웠다.

　미칠 노릇이었다. 신무기를 믿고 싸워도 병사들의 사기
가 이미 말이 아닌 상황이라 동요가 너무 심했다. 팔론 성

에서는 적의 위세에 지레 겁을 먹은 한 병사가 성벽을 열어 주어 너무 쉽게 함락되었다. 그 때문에 바올라 제국군에서 탈영병이 생겨나기 시작했다.

'이제 이곳에서 후퇴하면 마정석 광산이 위협을 받게 될 테고, 그렇게 되면 실린더, 실린건, 대형 실린더가 힘을 제대로 발휘하지 못하게 돼.'

적들이 마정석 광산을 차지하는 것만큼은 반드시 막아야 했다.

'마정석 광산은 고지에 위치해 있고, 쉽게 점령할 수 없는 곳이다. 하지만 아덴 공작도 마정석 광산만큼은 차지하려고 들겠지.'

실린더가 마정석이 필요하다는 것을 알고 있기에 분명 마정석 광산을 차지하는 것을 우선으로 둘 것이다. 아덴 공작의 입장에서도 반드시 차지해야 할 중요한 곳이다. 마정석 광산만 점령하면 그 순간 신무기를 사용하는 빈도수가 줄어들 테니 말이다.

'쉽게 점령하지 못할 곳이기는 하지만, 그래도 적들의 수중에 떨어지면 위험하다.'

그렇기에 1차 방어선을 이곳, 하세브 강으로 두고 있었다. 2차 방어선은 마정석 광산, 3차 방어선은 마녀의 숲. 마녀의 숲이 뚫리면 마이셀 백작령은 포기해야만 했다. 엔

드라 협곡은 동쪽에서 오는 적들을 상대하기에 불리한 곳
이니 말이다.

'머리가 아프다.'

발렌은 머리를 부여잡으며 어떻게 해야 할지 고민하고,
또 고민했다. 그러나 아덴 공작을 어떻게 막아야 할지 도저
히 감이 오지 않았다. 아군의 사기는 이미 바닥이고, 탈영
병도 늘어나고 있다. 적들을 크게 한 번 막아야 그 기세를
꺾을 수 있을 것이다.

"굉장히 끙끙 앓고 있네."

그의 막사에 누군가가 들어오자 발렌이 정면을 바라보았
다. 막사를 찾아온 사람은 이바나였다. 발렌이 의아한 눈으
로 그녀를 바라보았다. 전쟁터로 변할 알레하그라에 그녀
가 찾아온 것에 놀란 것이다.

"이바나 씨. 이곳은 어쩐 일이세요?"

"그동안 만들었던 이비 스톤을 보낼 겸 현장에서 바로
이비 스톤을 만들 수 있도록 마법사들을 데리고 왔어. 마정
석 광산에서 캔 마정석이 바로 이곳으로 조달되면 바로 이
비 스톤을 만들 수 있잖아."

이 위험한 전선에 그녀가 오다니. 확실히 이곳에 마정석
만 있으면 언제든 이비 스톤을 만들 수 있어 도움이 되긴
할 것이다.

"얼굴이 꽤 어둡네. 괜찮아?"

이바나가 그에게 다가오며 손을 뻗었다. 발렌은 가볍게 미소를 지어 주었다.

"예, 전 괜찮아요."

"전혀 안 괜찮아 보여."

"……."

숨기려고 해도 이바나에게는 숨기지 못하는 듯싶었다. 그녀가 발렌의 옆에 앉았다. 어찌나 표정이 어두운지, 그녀가 심하게 걱정하고 있었다.

"일이 잘 안 풀려?"

발렌이 고개를 주억였다. 연이은 패전으로 후퇴만 하고 있는 까닭에 제대로 싸우지도 못하는 상황이다. 발렌은 이곳이 사실상 마지막 보루라고 판단하고 있었다. 이곳에서도 제대로 싸우지 못한다면 마정석 광산도 적들의 손에 쉽사리 넘어갈 것이다.

"피난을 유도했을 때, 자신의 집을 직접 손으로 불태우고 떠나면서 울고 있던 영지민의 표정을 아직도 잊을 수 없어요."

"……."

이미 마을을 모두 불태우고 영지민의 피난 유도를 끝냈다. 다행히 제때 피난을 했기에 영지민이 다치거나 하지 않았지만, 싸워 보지도 못하고 자신들의 고향을 적들에게 내주고, 자신의 손으로 불태워야 한다는 것이 가슴에 한이 된 듯한 표정들이었다. 그들을 지켜보는 발렌의 가슴도 미어졌었다.

자신의 고향을 자신의 손으로 불태우고 떠나야만 하는 것이 얼마나 슬픈 일일지 충분히 납득할 수 있었다. 엄청 괴로울 것이다. 다시 돌아와도 잿더미만 남은 자신들의 마을만 있을 테니까.

"적들은 여전히 15만이에요. 하지만 우리는 마정석 광산을 방어한다고 후방에 병력을 더 많이 배치해 둬서 5만이 조금 넘어요."

알레하그라에 있는 병력의 수는 고작 5만. 병력이 많아도 힘든 상황인데, 더 적은 병력으로 드넓게 펼쳐진 평원에서 적들과 싸워야 한다는 것이 그를 더더욱 압박하고 있었다. 아무래도 평원에서 싸우다 보면 병력이 더 많은 쪽이 유리하다.

사실상 엘리즈는 지휘를 타인에게 맡긴 상황이었다. 자신이 판단을 잘못해 패전을 겪고 있다는 것에 사령관들에게 지휘권을 넘긴 것이다.

"이바나 씨도 발리바나 연탑을 버리고 피난할 준비를 해야 하는 상황이 닥칠 수 있어요. 이 사실을 영지민들에게 알려 주세요. 마정석 광산이 뚫리면 제 영지는 사실상 가망이 없어요. 영지민들이 최대한 빠르고 안전하게 피난하도록 도우라고 벨루나 자작에게 전해 주세요."

"……."

이바나는 상황이 매우 급박하다는 것을 발렌을 통해 알수 있었다.

"너무 무리하지 마."

"……."

무리하지 말라고는 하지만, 무리하지 않을 수 없는 상황이다. 이바나는 그에게서 언뜻 공포를 볼 수 있었다. 아덴 공작에게 자신의 영지가 완전히 불태워지고, 유린당하는 것에 대한 공포다. 이미 그의 마음속에는 아무것도 하지 못하는 아군에 대한 불신도 어느 정도 자리 잡고 있었다.

"참, 기쁜 소식이야. 레딘이 다시 회복했어. 곧 전장에 복귀할 거야."

발렌은 레딘을 구출하고 곧장 자신의 영지로 보내 치료에 전념하게 했다. 정말 죽기 일보 직전에 데리고 왔기에 생사를 장담할 수 없었는데, 다행히 이바나가 실험을 하고자 개인 사비를 털어 몇 개 구비해 둔 상급 포션을 쓴 덕분에 의식을 회복할 수 있었다는 얘기를 들었다.

"그런가요? 고마워요, 이바나 씨."

"고마우면 내가 개인 사비를 털어서 힘겹게 구한 상급 포션 값을 대신 지불해 줘. 꽤 비싼 값을 지불해서 샀던 거였으니까."

"예, 나중에 따로 청구해 주세요. 천천히 지불해 드릴게요."

이바나가 피식 웃었다.

"지금 이 상황에서 잘도 청구할 수 있겠다. 됐어. 농담이었으니까 신경 쓰지 마."

전쟁 중이라 거의 모든 수익을 병장기에 쓰고 있는데, 그것을 지불할 돈이 어디 있겠는가. 이바나는 딱히 받을 생각이 없었다. 그녀도 레딘을 구하고자 망설이지 않고 상급 포션을 썼다. 가문끼리는 그리 사이가 좋지 않을지 몰라도, 그 둘은 아주 나쁜 사이는 아닌 탓이다.

"레딘도 네게 정말 고마워하고 있어. 생명에 빚을 졌다고 말하더라고."

"애초에 레딘도 절 구해 준 적이 있는걸요. 친구 사이에 빚을 졌다는 말은 하지 말아 달라고 전해 주세요."

이바나가 알겠다고 대답하며 고개를 주억인다. 이바나와 대화를 하니 어느 정도 전쟁에 대한 것을 잊은 듯, 점점 그의 얼굴에 미소가 드리워졌다. 그러나 그것은 잠깐일 뿐이다.

"영주님!"

마덴 자작의 외침이다. 마덴 자작이 발렌의 막사 안으로 들어왔다. 막사 안에 이바나가 있는 것이 좀 당황스러웠던 듯 잠깐 주춤거렸으나, 곧 발렌에게 다가왔다.

"무슨 일인가요?"

"아덴 공작군이 팔론 성을 출발해 다시 진군을 시작했다는 소식입니다."

"……."

결국 올 것이 오고야 말았다. 며칠의 휴식을 취했으니 이제 움직일 때가 되었다고 판단한 것 같았다.

"그들이 언제쯤 도착한다던가요?"

"그들의 진군 속도가 예상보다 느립니다. 대략 일주일 후에 모두 도착하리라 판단됩니다."

"15만이 움직인다 하더라도 알레하그라는 평원이기에 정체도 없을 텐데요?"

15만이 일제히 움직이기에 최적의 장소라고 한다면 알레하그라다. 팔론 성에서 출발한다면 정체 없이 빠르게 진군할 수 있을 터였다. 아덴 공작이 무슨 생각으로 천천히 진군시키는 건지 고민하던 발렌이 말했다.

"적들의 진군이 느리다는 건, 적들의 심리전인 것 같네요."

"예. 아군을 더욱 동요하게 만들 생각인 것 같습니다."

바올라 제국군이 자신들에게 겁을 먹었다는 것을 알고 있으니 일부러 진군을 느리게 하여 심적 압박을 주려는 것이다. 근방에서 휴식을 취하고 있다는 사실만으로도 압박을 줄 수 있는데, 진군하고 있다는 소식까지 들린다면 엄청난 압박을 느끼게 할 것이다.

"……."

"……."

발렌이 침묵하니 마덴 자작도 침묵했다. 이런 상황이 닥치면 늘 어떻게 할지 물어보던 발렌이 침묵하니 그간 얼마나 호되게 당했는지 알 만했다.

이바나는 그런 그 둘을 보며 가만히 있었다. 발렌의 표정이 다시 어두워졌다. 이 이상 이바나가 그를 위해 해 줄 수 있는 건 없어 보였다. 이바나는 아무것도 해 주지 못하는 스스로가 원망스럽다는 듯 가슴에 손을 대고 주먹을 움켜쥐었다.

*　　　*　　　*

아덴 공작군이 알레하그라로 진군하고 있다는 소식을 듣자, 바올라 제국군은 바쁘게 움직였다. 1차 방어선인 이 하세브 강에서 막고자 최대한 준비하기로 했다. 발렌은 자신의 휘하 병력들을 격려해 주었다.

발렌은 4,000명의 병력을 데리고 있었다. 알레하그라 너머에 있던 병력들이 모두 후퇴하면서 자연스럽게 병력들이 이곳에 집결한 것이다. 다행인 점은 발렌의 병사들은 아직 그렇게 사기가 저하되지 않았다는 점일 것이다. 다들 하세브 강 건너편을 바라보고 있었다. 그들의 고향이 바로 이 너머에 있었다.

고향이 바로 이 강 건너편에 있는데 가지 못한다는 것에 모두가 넋을 놓고 바라보고 있다. 누군가는 메이어 신성 제국에 대한 복수심으로, 누군가는 분노로, 누군가는 좌절하는 마음으로 강 건너를 바라보고 있었다.

"적들은 진군했고, 우린 이곳에서 적들을 맞이해야 하네. 마이셀 백작. 혹시 이곳에 대해 아는 바가 있으면 모두 말해 줄 수 있는가?"

남바른 공작이 발렌에게 이곳에 대한 지리들을 물었다.

"이곳은 보이는 대로 평원입니다. 고지라고는 강 건너에 있는 작은 언덕이 하나고, 하세브 강은 수심이 그리 깊은 곳이 아닙니다."

"수심이 깊은 곳은 어디까지 차오르나?"

"수심이 깊어도 허리까지밖에 오지 않습니다. 이곳의 우기는 일 년에 두 번 정도인데, 며칠 남지 않았습니다."

센티스 백작령을 점령하면서 알레하그라에 대한 정보도 많이 얻었기에 발렌은 우기에 대한 정보도 알려 줄 수 있었다.

"그런가?"

지금 당장 적들은 이곳의 수심이 얼마나 얕은지 잘 모르기에 건너는 것도 신중해질 수밖에 없을 것이다. 나중에는 강이 그렇게 깊지 않다는 것도 알게 되겠지만, 시간을 계속 지체시킨다면 승산이 있다. 강물이 얕아도 건너오는 데 지장이 생기는데, 강물이 불어나면 주변이 늪처럼 변해 쉽사리 진격하지 못할 것이다.

"우기가 시작된다면 이곳은 그 어떤 곳보다 좋은 전략적 요충지가 될 겁니다. 이곳이 밀린다면 마정석 광산이 위험해지고, 제 영지는 사실상 포기해야만 하는 상황이 됩니다."

"……."

발렌이 이를 아득 물었다. 이 이상 밀릴 수 없다. 어떻게 해서든 이곳에서 아덴 공작의 공격을 막아 내고 반격을 개시할 발판을 마련해 잃어버린 영지를 다시 탈환해야 했다. 두려움도 있지만, 탈환하고자 하는 마음이 더 컸다.

"……너무 걱정하지 말게. 우린 적들을 막아 낼 수 있을 것이야."

남바른 공작이 그를 격려하며 어깨를 두드렸다. 발렌은 고개를 주억였다. 그러나 그는 그 말을 신용할 수 없었다. 남바른 공작도 아덴 공작을 알게 모르게 두려워하고 있었다. 아덴 공작군이 반격을 시작한 이후 바올라 제국군은 그들에게 제대로 된 피해를 주기는커녕 후퇴만 거듭했기 때문이다.

남바른 공작은 곧 작전 회의를 하기로 했다. 발렌은 승리에 기여할 수 있도록 자신보다 더 잘 아는 엔더크 자작과 마덴 자작을 작전 회의에 참석시키고 막사 밖으로 나왔다. 밖으로 나오니 아군들이 무기력하게 순찰을 돌고, 쉬는 모습을 볼 수 있었다.

『한 번 크게 승리해야 아군들의 사기를 높일 수 있을 것 같구나.』

리티도 사기의 문제가 너무 심각하다는 것을 단번에 알 수 있었다. 아덴 공작의 무서움과 연이은 패전으로 후퇴를 거듭하고 있어 이미 아군의 사기는 말이 아니다.

'그 승리를 하는 게 어렵다는 게 문제지만요.'

『그래. 확실히 아덴 공작은 대단하구나. 적장이지만 그는 심리전이나, 지휘를 정말 잘하는 자야.』

'예. 현재 존재하는 명장 중 한 명으로 평가되고 있는 자

니까요. 다른 한 명은 전대 황제 폐하셨고요.'

『아루스 황제가 그렇게 뛰어난 전략을 펼쳤더냐?』

'내전 초기에 60명으로 10,000명이 넘는 병력의 진군을 늦추고, 심지어 막대한 피해까지 입히고 나중에는 승리까지 쟁취했으니까요. 저는 리셋을 겪으며 센티스 백작의 전략을 파악하여 상대한 것이지만, 전대 황제 폐하는 스스로의 힘으로 그것을 이룩한 분이세요.'

60명으로 그 많은 병력의 진군을 늦춘다는 것은 쉽사리 할 수 있는 일이 아니다. 그 정도면 확실히 뛰어난 전략을 펼쳤다는 얘기가 되었다.

『그거 굉장하구나. 보나바르도 그런 일은 벌이지 못했을 텐데.』

보나바르는 대마법사이기 이전에 대영웅이라 불리기도 하는데, 그 이유는 명확하다. 트라비키아 통일 제국과의 주요 전투에서 승리했을 때 그가 펼친 전술 때문이다. 실제 보나바르와 함께한 리티가 그렇게 말할 정도면 아루스가 얼마나 대단한 사람인지 알 만하다.

'하지만 없는 사람을 생각해 봤자 도움이 안 되죠. 지금은 이곳에 있는 사람들이 해내야 할 일이니까요.'

『그렇구나. 나도 힘이 닿는 대로 좋은 수가 떠오르면 네게 알려 주도록 하마.』

'고마워요, 리티.'

리티가 도와준다고 하니 안심이 되는 발렌. 반드시 알레하그라에서 적들을 막고자 하는 신념이 확고해졌다. 그리고 며칠 후, 이제 적들이 이틀거리에 도달했다는 소식과 함께 후방에 있던 엘리즈가 알레하그라에 찾아왔다. 갑자기 그녀가 찾아오자 보통 난리가 아니었다. 전투에 앞서 직접 장병들을 격려하고자 온 것이라 판단했지만, 그들의 예상은 크게 빗나갔다. 그녀는 알레하그라 전선에 도착하기 무섭게 작전 회의 막사에 들어왔다.

"이 강이 얕다는 소식을 들었습니다. 강이 얕다는 것을 적들이 알게 된다면 망설이지 않고 이곳으로 진군할 겁니다. 강을 도하해야 한다는 불리한 조건이 따르지만…… 사기가 떨어지고 병력의 수가 적은 아군이 제대로 방어해 낼 가능성은 적어요. 마정석 광산에서 막도록 하세요."

엘리즈의 말에 발렌이 믿을 수 없다는 표정으로 그녀를 바라보았다. 기껏 이곳에서 막고자 준비하고 있었는데, 갑자기 뒤로 병력을 물러 마정석 광산을 막으라고 하다니. 발렌이 소리쳤다.

"안 됩니다, 황제 폐하!"

발렌이 소리치자 모든 이들의 시선이 집중된다. 누군가는 감히 황제의 말에 토를 다느냐는 듯 그를 살벌하게 바라보고 있었다.

"이곳을 방어선으로 두고 싸워야 합니다. 우기가 시작될 때까지 버티면 저들도 더 이상 진군할 수 없을 테고, 우린 재정비할 시간을 충분히 확보할 수 있게 됩니다."

"우기가 시작되기 전에 당한다면 더 힘든 싸움이 될 수 있습니다. 오히려 각개격파를 당할 가능성이 큽니다."

엘리즈는 완고했다. 그녀는 가장 중요한 요충지에 아군을 배치하여 확실하게 막을 수 있는 방법을 모색하는 것 같았다. 현 상황에서 실린더를 사용할 마정석 광산이 가장 중요한 곳이니 그곳에 방어를 두기로 한 모양이었다.

'아니, 이건 아무리 생각해도 리즈의 뜻이 아닌 것 같아.'

주위의 참모들이 이런 결정을 내리라고 설득한 게 아닐까 싶었다. 알레하그라는 중요하지 않으니 마정석 광산에 병력을 집중시키자고 말이다. 아덴 공작이 어떻게 나올지 모르고, 만약 이곳에서 오만 명을 잃게 된다면 그것도 뼈아픈 실책이라고 본 것이리라.

"제가 납득할 수 있는 대답이라면 윤허하겠습니다."

그러니까 납득하지 못할 대답이라면 윤허하지 않겠다는 것이다. 발렌은 고민한다. 어떻게 그녀를 설득시킬 수 있을 것인가. 어떻게 이길 방법을 제시할 수 있을까. 머리를 쥐어 짜내다가 그는 그 방법을 생각해 낸다.

'리셋······.'

그래, 리셋이다. 리셋을 이용하면 된다. 아덴 공작이 명장이라고 평가받고 있지만, 그에게는 없는 것이 있다. 바로 미래를 알지 못하고, 한 번 실패하면 기회가 없다는 것이다.

그러나 발렌은?

실패한다고 해도 기회가 있다. 그러나 아덴 공작은 한 번 실패하면 끝이다. 발렌이 아덴 공작을 이길 수 있는 유일한 방법이다.

'그러나 아직 리즈에게 그 사실을 말할 수 없어.'

이런 상황에서 말해도 절대 믿지 않을 것이고, 승낙해 주지도 않을 것이다. 이 상황에서는 말이 되는 소리를 하면서 그녀를 설득해야 했다.

"적들을 막을 방도가 있습니다."

"그게 뭐죠, 마이셀 백작?"

"알레하그라는 제가 센티스 백작과의 전투에서 크게 승리를 한 곳이기도 합니다. 알레하그라에는 유일하게 작은 언덕이 하나 있는데, 그곳에서 목책을 설치해 버티기만 해도 충분히 적들을 막아 낼 수 있습니다. 마침 우기도 얼마 남지 않았으니, 조금만 버틴다면 반드시 시간을 끌 수 있을 겁니다."

"말도 안 됩니다."

"제가 5백 명의 병사로 5천 명 이상의 병력을 막아 낸 곳입니다. 제 병사들은 일당백의 훌륭한 자들입니다. 명예 내전 당시에도 큰 활약을 하였고, 영지전에서도 마찬가지로 엄청난 활약을 했습니다. 사천 명으로 15만의 병사를 막는 것은 조금 벅찰지 모르나, 제게는 대형 실린더가 있습니다. 화력을 앞세운다면 충분히 해볼 만한 싸움입니다."

그러나 엘리즈는 쉽사리 그의 뜻을 허락하지 못했다. 비율상 별 차이는 없지만, 상대는 센티스 백작이 아닌 아덴 공작이다. 어떤 식으로 공격해 올지 전혀 예상하지 못하기에 더더욱 위험했다. 그러나 발렌의 눈에서는 비장함이 감돌았다.

"아덴 공작은 아군이 겁에 질려 있다고 판단하고 있을 겁니다. 한데 여기서 만약 우리가 한곳에 소수의 병력이 목책을 설치하고 그곳에서 며칠이고 방어를 한다면 그들도 크게 당황하게 될 겁니다."

확실히 그럴지도 모른다.

"제가 그곳에서 3일 이상 버티면 다시 아군이 전열을 가다듬을 수 있을 테고, 적군도 그만큼 피해를 보게 될 겁니다. 아군은 그에 자극을 받을 테고, 제게 시선이 집중된 틈에 병력을 움직여 후미를 공격해 주십시오."

발렌의 말에는 일리가 있었다. 지금 아군에게 가장 중요한 것은 사기이다. 고작 사천 명이 그 많은 병력을 붙잡아 둘 수 있다면, 아군의 사기에 크게 상승시키는 효과를 줄 수 있을 것이다.

"버티지 못한다면 끝입니다, 마이셀 백작."

"제가 반드시 막아 보이겠습니다, 황제 폐하. 위기에 몰린 쥐가 고양이를 무는 법입니다. 제가 그 쥐가 되어 고양이를 물겠습니다."

발렌이 너무 완고하게 윤허해 달라며 그녀를 바라본다.

'저 눈빛…… 정말 해낼 자신이 있다는 눈이야.'

왠지 모르지만…… 엘리즈는 그가 뭔가 믿는 구석이 있다는 것을 알 수 있었다.

"마이셀 백작. 정말로 적들의 진격을 막을 수 있나요?"

"예. 믿어 주십시오, 황제 폐하. 그동안 황제 폐하를 구해 왔던 저입니다. 이번에도 확실하게 막아 낼 자신이 있습니다. 믿어 주십시오."

발렌의 눈빛이 비장해졌다. 엘리즈는 그가 한 말에 침묵했다. 지금까지 여러 번 자신을 위기에서 구출해 준 발렌. 이번에도 분명 뭔가 있다는 듯한 저 확고한 답변. 만일 그가 정말 뭔가 생각이 있다면…… 또다시 기적과도 같이 일을 해결해 주지 않을까. 그런 기대를 했다.

"알겠습니다. 그렇다면 마이셀 백작, 그대의 작전을 윤허하겠습니다."

그녀의 허락과 동시에…….

알레하그라 평원에서 적들을 막아 내라.

임무가 떨어졌다.

*　　　*　　　*

엘리즈가 발렌을 믿기로 하고, 그의 의견을 허락했다. 이소식을 들은 이바나가 그의 막사에 찾아왔다.

"그들을 막겠다니? 그게 무슨 소리야?"

발렌은 그녀가 올 것을 알기라도 한 듯한 반응이었다.

"오셨어요?"

"황제 폐하께 들었어. 갑자기 왜 그런 무모한 짓을 하려는 거야?"

그가 무슨 생각을 하는지 깨달은 이바나는 그를 말릴 수밖에 없었다. 이바나는 발렌이 막사 밖으로 나갈 수 없도록 막아섰다. 발렌이 당황할 틈도 없었다. 그녀는 진심으로 그가 적들에게 향하는 것을 막으려고 하고 있었다.

"제가 결정한 사항이에요. 걱정하지 마세요."

"너무 무모해. 가지 마."

"어차피 리셋이 되니까 괜찮을 거예요. 걱정하지 마세요. 무사히 돌아올 테니까요."

발렌이 안심하고 기다려 달라는 듯 미소를 보여 주었다. 그러나 이바나는 안심할 수 없었다.

"그럼 나도 같이 가."

발렌은 고개를 저었다. 그녀가 고통받는 모습을, 죽는 모습을 볼 자신이 없었다.

"리셋이 될 거 아니야. 그럼 나도 안 죽게 해 줄 수 있는 거 아냐?"

맞는 소리다. 하지만 그는 고개를 저었다. 자신이 없었다. 15만 명이나 되는 적군들과 싸워야 하는 일이다. 자신은 언제든 계속 살아날 수 있지만, 이바나는 아니다. 혹시라도 그녀를 지켜 주지 못하고 임무를 완수해 버리는 날에는 영영 이바나를 잃게 될지도 모른다. 그것은 발렌이 원하는 상황이 아니다.

"아뇨. 이바나 씨는 저랑 함께할 수 없어요."

"어째서?"

"지금 하려는 일은 제가 여태까지 했던 일과는 비교가

안 될 정도로, 상상하는 것 이상으로 미친 짓이니까요."

지금까지 여러 가지 임무를 했지만, 이것만큼 미친 짓은 없다. 15만 명을 상대하겠다니. 단단히 미쳤다고 누구나 말할 것이다. 그것을 알지만 할 수밖에 없었다.

"그런 미친 짓을 왜 나서서 한다는 거야! 보나바르의 저주 때문에?"

"아뇨. 이건 보나바르의 저주 때문이 아니에요. 제가 결정한 거예요."

"왜 굳이 너 혼자서 그런 미친 짓을 하는 건데! 알면서 왜!"

이바나의 눈가에 눈물이 글썽거렸다. 그러나 발렌은 그런 그녀의 부탁을 들어주지 못한다. 그가 입술을 꽉 깨물었다. 정말 하기 싫지만, 하는 수 없다고 생각하며 인상을 찌푸렸다.

"이바나 씨. 절 걱정해 주는 건 고맙지만, 너무 옆에 계시려고 하지 마세요. 짜증 나니까요."

이바나에게 단 한 번도 하지 않은 말. 물론 진심은 아니다. 하지만 그녀를 떨어뜨리기 위해서는 이 방법 밖에 없다고 판단했다.

"왜 계속 절 따라다니는 건데요? 위험할 걸 알면서도요. 그리고 따라오면 또 이바나 씨를 돌보는 건 저잖아요. 제가 옆에서 계속 돌봐 줘야 하나요? 제가 이바나 씨의 시종인가요? 왜 자꾸 절 따라와서 귀찮게 하고, 일을 더 만들려고 하는 거예요!"

발렌이 성질을 내듯 말했다. 이 정도면 그녀도 상처를 받고 돌아가겠지 생각했지만, 발렌이 예상치 못한 대답이 그녀에게서 나왔다.

"널 좋아하니까!"

"……."

발렌이 숨을 삼켰다.

"내가 굳이 널 계속 따라다니는 이유가 뭔지 모르겠어? 알면서도 모르는 척하는 거 다 알고, 네가 일부러 약간 거리를 유지하려는 이유도 알아. 내가 엘로이 가문이라는 대귀족 가문의 사람이라는 것 때문이잖아! 그게 뭐가 중요해? 내가 널 좋아하는 게 뭐 그리 잘못된 일이야?!"

이바나가 씩씩 거리며 그를 노려본다. 발렌은 그녀의 말에 차마 대답할 수 없었다. 그러나 이바나의 갑작스러운 고백에도 크게 당혹스럽지 않았다. 언제부터였는지는 모르지만, 그녀가 자신에게 마음이 있다는 것을 어느 정도 눈치채고는 있었던 것 같다.

솔직히 말하자면 발렌도 사람인 터라 그녀에게 마음이 없을 수 없었다. 항상 옆에 있어 주고, 같이 대화도 많이 나누다 보니 친구 사이 이상을 생각해 본 적도 있다. 그럼에도 친구 사이를 유지하려고 일부러 둘이 있을 때도 반말을 하지 않았다. 이유는 간단하다. 자신의 옆에 있으면 그녀가 그만큼 고통받는 것을 잘 알기 때문이다.

보나바르의 저주에 걸린 것을 말해 준 이후로 이바나도 자신의 일에 계속 휘말렸다. 그녀가 도와주는 것은 고마운 일이지만, 함께 고통을 나눠야 하는 모습은 정말 싫었다.

그럼에도 그녀를 적극적으로 밀치지 못한 이유는…… 어쩌면 자신도 모르는 사이에 이바나를 좋아하고 있었던 것은 아닐까.

"고마워요, 이바나 씨."

발렌이 한 발자국 앞으로 다가가며 다정하게 그녀를 꼭 끌어안았다.

"저도 이바나 씨를 좋아해요."

"대답이 너무 늦었어, 이 바보야."

이바나도 팔을 그의 몸에 감쌌다. 그리고 발을 올려 그의 입술에 자신의 입술을 붙였다 금세 떼었다. 이바나의 얼굴이 붉어진다. 자신이 먼저 하고도 부끄러워하는 모습이 상당히 귀엽다고 느껴졌다. 이번에는 발렌이 그녀의 입술에 자신의 입술을 맞췄다.

이바나도 이성과 키스를 하는 것은 처음이었지만, 발렌

도 마찬가지다. 서로 서툰 첫 키스를 마쳤다. 서로 상기된 얼굴로 바라보았지만, 발렌은 다시금 눈빛이 변했다. 이제 슬슬 시간이 되었다.

그의 비장함이 깃든 표정을 보고 이바나는 조르듯 팔을 붙잡고 말했다. 자신의 뜻을 굽히지 않으려는 그의 고집을 보았다.

"가지 마."

쪽.

발렌에게 키스를 해 오는 이바나. 발렌의 손에 힘이 실렸다. 어떻게든 가지 못하게 하려는 그녀지만, 발렌은 모든 유혹을 뿌리치고, 그는 결국 자리에서 일어났다.

"죄송해요, 이바나 씨."

"내가 이렇게까지 하는데 안 가면 안 돼? 그냥 이대로 나와 함께 도망치자. 넌 이미 최선을 다했잖아. 지금까지 네가 한 것만 해도 한 사람이 해낼 수 없는 거잖아. 더 이상 고통받지 않고 조용히 살아가자. 모든 걸 잊어버리고. 응? 넌 이미 할 만큼 했잖아."

이바나가 그에게 애원하듯 말한다. 발렌이 침묵했다. 조용히 살아가는 것이 가능했더라면 발렌도 이런 일을 당하지 않고 도망쳤을 것이다. 그러나 불가능하다. 임무도 임무지만 그는 두려웠다. 발렌은 보나바르의 저주로 많은 고통을 받았지만, 얻은 것도 많았다. 얻은 것이 너무나 소중하기에 잃는 게 두려웠다. 이렇게까지 하는데도 망설이는 그의 모습을 보고 이바나가 입술을 꽉 깨물었다.

"내 소원이야. 전에 대축제 때 네가 소원 하나 들어준다고 했었지? 그걸 들어줘."

"······."

"지금 당장 그 소원을 말하겠어. 나서지 마. 굳이 너 혼자 감당하려 하지도 말고, 혼자 고통 받으려고 하지도 마."

"······."

발렌이 침묵한다. 그녀가 계속 도움을 주어 소원을 들어주겠다고 한 약속. 설마 이곳에서 쓸 줄은 전혀 몰랐다.

"대답은?"

"······."

"대답해!"

이바나가 그의 가슴을 주먹으로 때렸다. 그러나 아프지 않았다. 마치 가지 말라고 조르는 어린아이 같았다. 결국 이바나가 팔에 힘을 주어 그를 더욱 끌어안는다. 발렌이 가만히 생각에 잠긴 듯 천장을 바라본다.

"이바나 씨, 고마워요. 제 고통에 같이 아파하는 사람은 이바나 씨밖에 없네요."

"그래, 이 바보야. 내가 너한테 마음을 줬으니 너도 그만한 보답을 해야지."

"네, 물론이에요."

발렌이 그녀를 꼭 끌어안았다. 그가 결국 자신의 의견에
따른다는 사실에 이바나는 그의 따뜻한 품에서 행복을 느
끼고 있었다. 그런데 돌연 발렌에게서 마나의 기운이 퍼지
는 것이 느껴졌다.

"슬립."

"무…… 슨……."

이바나의 눈꺼풀이 무거워지고, 결국 잠이 들고 말았다.
발렌이 옆에 있던 침대 위에 이바나를 조심스럽게 눕히고
이불을 덮어 주었다. 그리고 주섬주섬 옷 위에 방어구를 챙
겨 입었다. 완전히 무장을 갖춘 발렌이 곤히 잠든 그녀의
손을 잡았다.

"죄송해요, 이바나 씨. 그 소원은 들어줄 수 없어요. 하
지만 괜찮아요. 모두 잘될 거예요. 저에게는 먼 훗날이겠지
만, 이바나 씨는 몇 시간 내로 모든 것을 끝낸 저와 마주하
게 될 거예요."

그녀를 붙잡고 있던 손에 더욱 힘이 실렸다.

"염려하지 마세요. 걱정하지 마세요. 울지 마세요. 저 때
문에 슬퍼하지 마세요. 그리고 제 고통에 괴로워하지 마세
요."

그가 고개를 아래로 떨어뜨렸다. 작게 몸이 흔들리는 발렌. 그가 소매로 눈가를 문지르며 억지로 미소를 지었다.

"사실 저도 두려워요. 이런 미친 짓을 하는 제가 스스로도 이해가 되지 않아요. 하지만 할 수밖에 없기에 하는 거예요. 제게는 엄청난 시간인 몇 시간 후에 만나요. 그때 사과할게요. 그리고 그때 제게 화를 내 주세요. 고마워요, 이바나 씨."

발렌이 그녀의 이마에 입을 맞추며 조용히 자리에서 일어났다. 그가 다시금 전의를 다지듯 주먹을 말아 쥐었다. 지금까지와 다를, 상상을 초월하는 죽음을 맞이하기 위해 발걸음을 옮겼다.

*　　　*　　　*

알레하그라 평원. 평평한 지형에 나무 하나 찾을 수 없고, 풀만 무성한 평원이다. 그리고 그곳에 유일하게 하나 있는 언덕 위에서 발렌이 진군하는 적들을 내려다보고 있었다. 센티스 백작과 혈투를 벌였던 장소에 그가 서 있다. 그 당시의 일과 비슷하다고 느낀다. 그러나 눈앞에 보이는 수많은 거친 물결은 그때와 달랐다.

수많은 횃불이 알레하그라 평원을 가득 빛으로 메우고

있었다. 수많은 땅울림이 그의 발까지 전해지고, 발소리가 귀를 파고든다. 15만. 숫자로는 알고 있지만 직접 눈앞에서 바라보니 이 세상에 존재하는 말이나 글로 형용할 수 없는 감정이 그를 압박한다.

『후우, 넌 정말 제정신이 아니로구나.』

리티의 목소리가 들려온다.

『4천 명의 병사는 무슨. 혼자서 저곳으로 몸을 던지려고 하다니. 너도 제정신은 아니로구나.』

'그러게요.'

발렌은 엘리즈에게 말했던 것과 달리, 자신의 병력을 데리고 오지 않았다. 왜 홀로 왔냐고 한다면⋯⋯ 자신의 병력들도 그에게는 소중한 사람이었다. 부족한 자신을 위해 싸우는 이도 있고, 고향을 잃고 분개하여 분노로 싸우는 사람도 있다. 자신을 따르지 않지만 오직 나라를 위해 자신의 명령을 받는 이도 있다. 그러나 그들도 발렌의 사람이다. 그들도 소중하기에 잃고 싶지 않았다. 얻은 것이 많기에 잃기 싫었다.

『트라비키아 통일 제국에 적개심을 품었던 나도, 보나바르도⋯⋯ 이런 짓은 절대 못할 거다. 넌 분명 미쳤다.』

그의 말에 발렌이 피식 웃었다. 누가 봐도 미친 짓이다. 자기 스스로 생각해도 말도 안 되는 생각이었다. 잠시 침묵하던 그가 리티에게 다시금 말을 걸었다.

'한 가지만 말해 줘요, 리티.'

『뭘 말이냐?』

'오래전부터 생각했던 거예요. 리티, 당신의 정체에 대해서요. 당신과 함께하면서 많은 것을 배웠고, 또 얘기를 들었어요. 그리고 몇몇 제가 알고 있는 역사들로 당신의 정체를 추측할 수 있었죠.'

『…….』

'리티. 아니, 세인브리트 황제 폐하가 맞으신지요?'

침묵이 잠깐 이어졌다. 그의 확신에 찬 질문에 결국 리티가 대답했다.

『맞다. 내가 이 영광스러운 나라를 세운 세인브리트 폰 바올라다.』

'역시.'

발렌은 짐작을 했기 때문인지 그리 충격이 와 닿지 않았다. 추측은 했지만 그의 입에서 사실을 들어 더욱 홀가분한 기분이다.

『어떻게 알았느냐? 내 정체를 속이기 위해 티를 내지 않았는데?』

'리티의 정체를 안 것은 거의 처음부터였어요. 일부러 바올라 왕국이라고 할 때부터 황제로 칭하고, 제국으로 부

르기 전에 죽은 사람이라고 생각했어요.'

『거의 처음부터?』

'리티의 말에 모순이 있더라고요. 리티는 이 나라를 처음에 왕국이라고 했었는데, 보나바르는 리셋 마법을 초대 황제가 승하하고 유언을 통해 만들었다고 했거든요. 에고 아티팩트는 지금은 실전된 기술이지만, 기록은 조금 남아 있어요. 죽은 지 얼마 되지 않은, 혹은 죽기 직전인 사람의 영혼을 사물에 옮기는 기술이라고요. 그렇다면 바올라 왕국이 제국이 된 뒤의 사람이라는 소리잖아요. 시기상 전혀 맞지 않더라고요.'

여러 가지가 맞지 않다 보니 모순이 일어나고 의심이 들 수밖에 없었다. 세인브리트가 한숨을 내쉬었다.

『후, 하여간 이 책벌레는 쓸데없이 역사는 잘 알아서는.』

처음부터 들통났다는 말을 쉽사리 믿지 못하는 세인브리트. 발렌은 미소를 지었다.

'보고, 듣고, 경험하고, 체험하라. 그것이 너의 힘이 될 것이다. 이 말을 듣고 확신했죠. 세인브리트 황제가 한 명언으로 알려져 있는 말이거든요.'

본인은 모르겠지만, 그의 이 말은 천년이 지난 현재까지도 최고의 명언으로 기록되고 있다.

『난 너의 손바닥에서 놀아났다는 뜻이구나.』

'표현이 안 좋게 들리네요.'

『에잉, 처음부터 알았으면서 그동안 모르는 척을 하다니 너도 어지간하구나. 그러면서 격식도 안 차리고 말이지.』

발렌이 피식 웃었다. 리티가 만약 사람의 형체였다면 한숨을 내쉬며 고개를 젓고 있었을 것이다. 그 모습이 상상이 되었다.

'지금부터라도 격식을 차릴게요.'

『아니, 됐다. 군이 격식을 차리라고 한 말은 아니니까. 네가 내게 격식을 차리는 건 별로 바라지 않는다.』

'호탕하시네요. 역시 드래곤의 젖을 먹은 사람다워요.'

『드래곤이 미쳤다고 인간에게 자신의 젖을 주겠느냐? 신화에서는 내가 아기였을 때 드래곤의 젖을 먹어 강인한 힘을 얻었다고 말하지만, 사실 나는 아무것도 가진 것 없이 볼품없는 출신이었단다. 네가 귀족이 되기 전보다도 신분이 낮은 농노였지. 영주들과 트라비키아의 폭정에 저항하며 자유분방하게 살았던 내가, 뜻을 함께한 이들과 나라를 세우고, 왕이 되었을 때 모두가 내게 격식을 차리는 게 매우 불편했지.』

'그랬군요.'

『지금의 난 황제가 아니다. 나는 이미 죽은 몸이고, 그저

이 완드에 봉인된 영혼일 뿐이니까. 내가 가진 황제로서의 권능은 내가 죽고 이 완드에 봉인된 것으로 다했다. 지금은 너의 조력자이고, 조언가이자, 전우이며 보나바르와 같은 친우이다.』

'존경해 마지않던 세인브리트 황제와 친구가 되는 날이 오다니. 정말 굉장한 일이네요.'

『그래. 그렇기에 나는 네게 지금이라도 한 가지 조언해 줄 수 있다.』

'뭐죠?'

『이번에 네가 내린 결정은 너 스스로를 망치게 될 게다. 지금이라도 늦지 않았다. 그저 적의 시선을 끄는 것에서 그치고 도망치지 않겠느냐? 너에게 무한한 마음을 준 그녀에게 걱정을 끼치지 말고.』

그랜드 마스터급 기사로 알려진 세인브리트. 검에 있어서 극의에 다다른 그가 말릴 정도니 오죽하겠는가. 그러나 발렌은 물러나지 않기로 결정했다.

'이미 결정한 거예요. 뒤돌아 가지 않을 거예요. 예정대로 일을 진행할 생각이에요.'

『그러하더냐?』

'예. 물러서지 않을 거예요. 얼마나 이 미친 짓이 계속될지 모르지만요.'

『······그렇구나. 그래, 남자는 때로 물러서면 안 될 때가 있는 법이지. 네게 있어 지금이 바로 그때인 모양이로구나. 그래, 가거라. 내가 너와 함께한다.』

'그 유명하신 세인브리트 황제가 저와 함께 있는데 두려울 게 뭐가 있을까 봐요?'

리티의 웃는 소리가 들려온다. 발렌도 얼굴에 미소를 지었다.

『그럼 각오는 됐나?』

'이미 했어요.'

『그럼 가라. 네가 뜻을 둔 곳이 비록 어둠만이 가득할지라도 네가 횃불이 되어 빛을 밝혀라. 그것이 곧······.』

리티의 말이 잠시 끊겼다.

발렌은 다시금 전의를 다진다. 다른 누구도 아닌 자신만 할 수 있는 일이다. 몇 번이고 다졌던 각오를 다시 다지는 의미에서 주먹을 움켜쥔다. 준비를 마쳤다. 언제든 달릴 수 있도록 그가 무릎을 굽힌 채 도약할 준비를 한다.

떨림이 사라졌다. 두려움이 사라졌다. 공포가 사라졌다. 발렌이 다시금 15만 명의 물결을 바라본다. 그가 전의를 다지고, 모든 각오를 한다. 그의 각오를 느낀 리티가 소리쳤다.

『영웅의 길이다!』

발렌이 고개를 쳐들어 올렸다. 그가 15만의 물결 속으로 달려간다. 불빛만 보고 앞으로만 나아가는 불나방처럼 그가 불 속으로 뛰어든다.

"우오오오!"

그가 짐승처럼 포효하며 죽음을 향해 달려간다. 그의 미쳤다고밖에 할 말이 없는 싸움이 시작되었다. 1대 15만의 싸움이 시작되었다.

*　　*　　*

"황제 폐하, 발렌에게 퇴각 명령을 내리세요!"

슬립 마법에서 깬 이바나가 마정석 광산으로 돌아가려던 엘리즈를 찾아왔다.

"마이셀 백작은 병사들을 이끌고 아덴 공작을 저지하러 갔습니다."

"냉정하게 생각하세요, 황제 폐하. 그가 무슨 재주로 그들을 막겠습니까!"

"마이셀 백작이 막아 준다고 했습니다, 미스 엘로이. 그는 자신도 죽을 생각이 없고, 계책이 있다며 믿고 기다리라 말했습니다. 지금까지 자신이 여러 일을 해결했던 것을 믿고 의지해 달라면서요. 그는 결코 믿는 구석 없이 나설 사람이 아닙니다."

"이⋯⋯ 이⋯⋯!"

이바나가 성큼성큼 갑자기 그녀의 앞으로 다가간다. 모두가 의아한 눈으로 이바나에게 시선을 집중한다. 엘리즈의 앞에 멈춰 선 이바나. 그리고 그녀가 손을 번쩍 들어 올렸다.

"이 바보가!"

짝!

결국 참지 못한 이바나가 엘리즈의 따귀를 때렸다. 막사에 남아 있던 이들이 믿을 수 없다는 듯 눈을 휘둥그레 떴다. 엘리즈의 시선이 돌아가고, 이바나는 눈물을 머금은 채 엘리즈를 노려본다.

"연탑주! 지금 자네 실성한 겐가! 감히 황제 폐하의 따귀를 때리다니! 제정신으로 하는 것인가! 그는 한 나라의 영주로서 의무를 다하기 위해 출정했다. 그대는 그의 고귀한 결정을 무시하려는 것인가!"

한 귀족이 이바나를 향해 소리쳤다. 그러나 이바나는 오히려 날카롭게 그 귀족을 노려보며 더 크게 소리쳤다.

"닥쳐! 너희들이 뭘 알아. 발렌에 대해서 너희들이 뭘 안다고 그렇게 쉽게 말하는 거야! 발렌이 정말 영주로서의 의무를 위해서 움직이고 있는 것 같아? 그 녀석은 죽음의 고

통을 여기 있는 그 누구보다 잘 아는 사람이야. 그런 그가
자신이 고통받을 것을 뻔히 알면서도 나설 것 같아?!"

이바나의 횡설수설하는 외침에 엘리즈가 가만히 그녀를
바라보았다. 그녀가 뭔가 알고 있다는 것을 느낀 엘리즈가
손을 들었다.

"연탑주만 남고 모두 나가도록 하세요."

"화, 황제 폐하?"

"제 말 못 들으셨나요? 모두 나가 있도록 하세요."

가신들은 망설였으나, 엘리즈의 명령에 모두 밖으로 나
갔다. 둘만 남게 된 이바나와 엘리즈.

엘리즈가 물었다.

"넌 뭔가를 알고 있는 거야? 그런 거지?"

이바나는 적대하는 눈빛으로 엘리즈를 바라보며 소리쳤
다.

"바보 같아. 넌 정말 바보 같아. 병사들을 이끌고 갔다
고? 내가 여기에 오면서 발렌의 병사들이 여기에 있는 것
을 봤는데!"

"그게 무슨 소리야? 마이셀 백작가의 병력이 전투준비를
하고 있다고 분명 보고를……."

"그들이 떠나는 걸 봤어? 네 눈으로 직접 봤어? 밖에서
언제 출정하나 대기하고 있는 발렌의 병사들을 봤냐고! 실

패만 거듭하면서 도망치는 것 말고는 생각하지 못하게 된 거야?"

엘리즈가 자리에서 벌떡 일어나 막사 밖으로 나와 보았다. 그녀의 말대로 마이셀 백작의 병사들은 멀뚱히 출정 준비만 한 채로 있었다. 자신들의 영주가 오기만을 기다리고 있는 것이다.

"이게 대체……."

엘리즈는 이해하지 못하겠다는 듯 그들을 바라보았다. 병사들을 데리고 가지 않다니? 정말로 혼자서 갔다는 얘기인가!

"황제 폐하!"

엘리즈를 부르는 소리에 그녀의 시선이 목소리가 들린 쪽으로 향했다. 전령이 빠르게 그녀에게 다가오며 말에서 내려 무릎을 꿇었다. 전령이 그녀에게 뭔가를 건넸다. 동그랗게 둘둘 말린 양피지였다. 엘리즈가 양피지를 펼쳤다.

제 병사들도 함께 철군할 수 있도록 해 주십시오, 황제 폐하. 그들에게도 소중한 가족과 친구들이 있습니다. 모두 제 영지민이고, 절 따르던 자들입니다. 그들이라면 어떤 길이라도 저와 함께하겠지만, 전 그들이 죽는 것을 원치 않습니다. 고통을

받는 건 저 하나로 충분합니다. 혼자서 반드시 적
들을 저지하겠습니다. 믿고 철군하여 주십시오.
—발렌시아 알슈타이트 디 마이셀—

발렌의 서명 옆에 마이셀 백작가의 인장까지 찍혀 있다.
엘리즈의 눈이 커졌다.

"마, 말도 안 돼. 정말로 발렌이 혼자서……."

이바나가 말했을 때도 믿기지 않았는데, 그가 서신을 보
내오니 믿을 수밖에 없었다.

"그 누구도 나서지 않고 있으니까, 그들을 막을 방법이
이것밖에 없어서 어쩔 수 없이 하는 거잖아! 리즈, 너도 마
찬가지야. 어떻게 그렇게 당연하다는 듯 생각할 수 있어?
발렌이 지금까지 모든 일을 다 해결해 줬다고, 이번에도 해
결해 줄 것이라고 믿고, 그가 받을 고통은 생각도 안 하는
거야?"

"발렌은 자신이 그들의 진군을 늦추고 막을 수 있는 계
책이 있다면서 자신만 믿으라고……."

이바나가 울분을 토했다.

"그래, 그 녀석이라면 그렇게 말했겠지. 자신만 믿으라
고. 이번에도 해결해 주겠다고! 그런데 발렌이 정말로 계책
이 있을 거라고 생각해? 그는 아무런 계책도 없이, 그저 그

들의 진군을 막으려고 돌격하는 거야! 그것도 혼자서! 널 지키기 위해서, 여기 수많은 병사들을 위해서!"

엘리즈의 눈동자가 커졌다. 자신만 믿고 기다리라고 했던, 자신의 병사들은 일당백이라면서, 반드시 막을 수 있다며 자신 있게 한 발렌의 말이 모두 거짓이었다는 말인가.

"어떻게 소중한 벗을 15만 명이나 되는 적에게 돌진시킬 수 있어? 어떻게! 발렌이 왜 저렇게 하는지 정말 모르겠어? 얼마 전에 그 많은 수의 적군을 보고 무서워하고 어떻게 해야 할지 고민하던 그가, 갑자기 어디에서 용기가 나서 그랬겠냐고!"

엘리즈의 눈동자는 흡사 지진이라도 일어난 듯 크게 흔들렸다.

"발렌은……."

이바나가 발렌의 비밀을 밝히기 위해 입을 열었다.

*　　　*　　　*

"공작 저하, 서쪽 언덕 너머로 뭔가가 다가오고 있습니다."

"적습인가?"

아덴 공작이 손을 옆으로 내밀자 그의 참모가 망원경을

건넸다. 아덴 공작은 망원경 너머로 보이는 시야에 언덕을 주시하자 인상을 찌푸렸다. 웬 마법사 한 명이 이쪽을 향해 달려오고 있었다.

망원경 너머로 보이는 것만으로는 짐작하기 어려웠다. 뚜렷하게 누군지 보이지 않았다. 무엇보다 후드로 얼굴을 가려 누군지 자세히 알 수 없었다. 몇 명이나 되는지 확인하기 위해 이리저리 망원경으로 살폈지만…… 어째서인지 나머지가 보이지 않는다. 매복인가 생각했지만, 다른 곳에서의 움직임은 전혀 보이지 않는다.

"……뭐지? 정말 고작 한 명뿐인가?"

기가 찰 일이다. 도대체 무슨 생각으로 저 한 명이 이곳으로 돌격해 오는지 모르겠다.

"어떻게 하면 되겠습니까?"

참모의 물음에 아덴 공작이 망원경을 다시 건넸다. 아덴 공작이 망원경으로 이곳으로 돌격해 오는 이를 확인했다.

"전투준비를 하라 이르고, 혹시 모르니 기습에 대비하라 전하라. 눈에 보이는 적은 한 명이지만, 매복해 있을 수 있으니 방심하지 말거라."

"예, 공작 전하!"

참모가 그의 명령을 병사들에게 하달하기 위해 달려간다. 아덴 공작이 정면을 응시했다. 거센 바람이 불어오며 깃발을 위태롭게 흔들어 댔다.

*　　*　　*

화살이 날아온다. 발렌이 손을 펼치자 반투명한 막이 생기며 그에게 날아들던 화살을 모조리 방어해 냈다. 그러나 그에게 날아오는 무수히 많은 화살들이 쉴드를 박살 냈다. 그 즉시 발렌이 옆으로 몸을 피했다. 비처럼 쏟아지고 있음에도, 그는 한 걸음 한 걸음 빠르게 움직이며 화살을 피하고 있었다.

"929…… 930……."

뜬금없이 갑자기 숫자를 세는 발렌. 그 숫자는 점점 많아진다. 한 번 한 번 동작할 때마다 숫자를 세고, 또 센다.

"1,480번…… 이던가?"

그리고 어느 순간 어디까지 숫자를 세었는지 잊어버린 발렌. 그는 지금까지 천 번이 넘는 죽음을 맞이했고, 천 번이 넘는 같은 싸움을 진행하고 있었다. 세이브 포인트는 전투가 시작되기 직전, 언덕에 서 있을 때이다.

도저히 쉴 시간도 주지 않고 날아오는 화살. 그리고 그에게 달려드는 수백 명의 병사들. 병사들은 무기를 꼬나 쥔 채 그를 바라보고 있었다.

'됐다. 뚫었다.'

발렌은 수많은 궁병들이 날리는 화살 비를 뚫고 적들에게 접근할 수 있었다. 이미 그의 몸은 엉망이었다. 화살 몇 대가 박혀 있었다. 피하고 싶어도 절대 못 피하는 화살을 맞고 뚫은 것이다. 보통 고통스러운 것이 아닐 텐데 그의 얼굴에는 미소가 피어오르고 있었다. 메이어 신성 제국의 병사들은 이 상황을 이해하지 못해 당혹하고 있었다. 하지만 더욱 당혹스러운 건 따로 있었다. 그가 그 고통을 참아내고 자신들에게 계속 접근해 오고 있었기 때문이다.

'원망하려거든 자기들 나라를 탓하라지.'

자기 나라에서 징집되어 끌려온 건 동정하지만, 딱 거기까지다. 발렌은 자비 없이 손을 휘저었다. 그가 손을 휘젓자 진영 한가운데에서 돌풍이 몰아치며 녀석들을 멀리 날려 버렸다. 여기저기서 폭발이 일어난다.

"죽어라, 바질!"

푹!

옆구리에서 화끈한 통증이 느껴졌다. 그를 상대하던 다수의 병사 중 한 명이 접근해 창으로 찌른 것이다. 그래도 그는 비명은 일체 지르지 않았다. 아프지 않다면 거짓말이다. 그러나 입을 꾹 다물고 억지로 참았다. 그 통증은 한 번으로 끝나지 않았다.

푹! 푹! 푹!

수없이 많은 창이 그의 몸을 꿰뚫었다. 몸의 모든 구멍
에서 피가 새어 나오고 시야가 어둠으로 물드는 것과 함께,
다시금 언덕 위에 서 있는 자신을 발견했다.

"다시!"

발렌은 망설이지 않고 다시금 그 거친 물결 속으로 돌격
했다. 다시 화살 비를 뚫고 전진한다. 다시금 적 진영 한가
운데까지 온 발렌.

"죽어라, 바질!"

그 소리가 들리기 무섭게, 발렌이 몸을 옆으로 날린다.
창이 애꿎은 허공을 찔렀다. 발렌의 손에서 냉기가 피어올
랐다.

"프로즌 스피어."

얼음의 창이 무수히 많이 생겨난다. 마나 엔진이 격렬히
회전한다. 그러나 이번에는 방패병들이 사방에서 몰려와
그와 부딪쳤다. 마법이 완성되기도 전에 방패 사이에서 칼
들이 튀어나와 그의 몸을 난도질한다.

"다시!"

그렇게 이제는 얼마나 반복했는지도 잊었다. 그러나 진
전은 있었다. 아주 천천히, 아주 조금씩 전진하고 있었다.
마법이 안 되면 적들에게서 탈취한 무기를 들고 싸웠다.

'검은 찌르는 것보다 베는 게 더 효과적이다.'

검에 대한 지식이 쌓였다.

'창은 이렇게 쓰는 거였구나.'

창에 대한 지식이 쌓였다.

'중장비를 입은 녀석들에게는 메이스로 공격하는 게 최고구나.'

무기에 대한 지식이 쌓였다.

리셋을 반복하며 그는 지금껏 한 번도 만져본 적 없는 무기의 쓰임새와 활용도를 조금씩 체득한다. 검, 창, 메이스, 활 심지어 방패의 활용도까지. 그는 거침없이 앞으로 나가며 마법과 적들에게서 탈취한 무기를 휘둘렀다. 그가 무기를 휘두를 때마다 병사들이 추풍낙엽처럼 쓰러져 갔다.

『너…… 도대체 얼마나 많은 리셋을…….』

리티의 놀라는 목소리가 발렌에게 닿지 않았다. 그는 무아지경에 이른 상태로 적들을 상대했다. 탈취한 무기가 부러지면 주위에 적들이 들고 있는 무기를 빼앗아 다시 휘두른다. 그리고 어느새 그는 다양한 무기는 물론 마법까지 동시에 활용하고 있었다.

"마, 마법사가 무슨……."

적들은 크게 당황한다. 분명 마법사인데 그가 무기를 다루는 모습은 결코 초보자의 것이 아니다. 정확히 상대의 급소를 노리면서 최소한의 움직임을 보이고 있었다. 용병들이나 쓸 법한 근본 없는 검술처럼 보이지만 그가 휘두르는 검은 매우 날카로웠다. 실전을 계속 반복하면서 자연스럽게 터득한 것이니 매서울 수밖에 없는 것이다.

"······."

발렌의 눈은 흐리멍덩해져 있었다. 무감각한 그의 표정이 더욱더 공포심을 안겨 준다. 그러나 그의 가슴속에는 소박하면서 뜨거운 열망이 있었다.

'돌아갈래.'

집으로.

'돌아갈래.'

가족이 있는 곳으로.

'돌아갈래.'

내일로!

그러기 위해서는······.

'적장을 죽인다!'

목표를 확실히 한 그는 더욱 거침이 없어졌다. 그의 머리와 눈동자가 붉게 물들기 시작했다. 적장을 잡기 위해서 계속 전진한다. 죽고, 리셋하고, 죽고, 리셋하고. 마나 엔진을 계속 가속시키며 수도 없이 반복하여 적들과 맞서 싸운다. 죽음을 맞이하며 계속 싸운다.

"발렌. 발렌!"

이바나가 애타게 발렌의 이름을 부르며 말을 타고 알레하그라 평원으로 나간다. 그녀는 혼자였다. 엘리즈에게 발렌의 비밀을 말하고, 곧장 달려온 것이다. 지금쯤 엘리즈는 발렌을 구출하기 위해 전 병력에 다시 출정 명령을 내렸을 것이다.

먼저 알레하그라 평원 한가운데에 도착한 이바나. 멀리서 들려오는 함성이 점차 가까워지고 있었다. 아직도 싸우고 있다는 것에 경악하며 그녀가 말을 더욱 재촉했다. 그녀는 곧 전투가 벌어진 근방까지 도착할 수 있었다. 말을 멈춰 세웠다. 이바나는 상황을 먼저 살피기 위해 둘러보았다.

"이게 도대체……."

이바나는 눈앞에 펼쳐진 광기 어린 장소를 보고 할 말을 잃었다. 적 진영은 대혼란이었다. 수많은 화살이 쏟아지고, 마법이 여기저기서 터졌다. 그리고 적진 한복판에서 치열한 전투가 벌어지고 있었다.

"발렌!"

수많은 병력들 가운데에서 격전을 치르고 있는 발렌을

바로 알아볼 수 있었다. 멀리서 봐도 그의 상태는 심각해 보였다. 몸에는 화살이 박혀 있고, 로브가 찢어져 있는 것이 보였다.

콰아앙! 콰앙! 우르르르릉!

엄청난 위력의 마법이 적들을 향해 날아간다. 난전인 상황이지만, 이바나의 뛰어난 관찰력이 어떻게 된 건지 알려 주고 있었다. 메이어 신성 제국의 마법사가 사용하는 것이 아닌, 발렌 단 한 명이 사용하는 것이었다.

"저건…… 아크 메이지급 마법……?"

아크 메이지면 현 세인브리트 마탑의 탑주와 동등한 경지란 소리다. 이바나가 고개를 저었다. 발렌이 아크 메이지급 마법을 사용하다니? 자신이 착각한 거라고 생각했다. 그러나 연이어 벌어진 마법에 그녀는 착각이 아님을 알았다.

그에게 날아오는 마법을 막아 낸 방어 마법 때문이었다.

"앱솔루트 쉴드……?"

발렌이 앱솔루트 쉴드를 사용한다? 위저드급 마법사인 그는 절대 사용하지 못할 마법이다. 하나 그는 사용하고 있었다. 이바나는 깨달았다. 평생을 수련만 해도 모자랄 텐데 전투를 하면서도 경지가 올라갈 만큼 이 싸움을 반복하고 있다는 뜻이다.

리셋을 얼마나 반복한 건지 감히 상상이 되지 않았다. 경지를 올리기 위해서는 깨달음과 마나를 축적하는 게 중요하다. 전투 속에서 깨달음을 얻을 수 있지만, 마나를 축적하는 건 다른 문제이다. 싸우면서 아주 조금씩, 아주 미미한 양의 마나를 쌓았다고 생각한다면……

적어도 몇백 번…… 아니, 수천, 수만 번으로도 부족하다. 최소 수십만 번 이상 반복했을 것이다. 게다가 그는 마법만 사용하는 게 아니다. 전투 중에 적들의 무기를 탈취하면 그것을 적극 사용하고 있었다. 숙련된 검사처럼 검을 휘두르고. 창을 주워 찌르고, 던지고. 방패로 막고, 쳐 내고. 모든 무기를 원래 능숙하게 다뤘던 것처럼 싸우고 있다.

마법이면 모를까, 생전 한 번도 제대로 써 본 적 없는 칼과 창, 방패를 능숙하게 사용한다? 그건 그가 엄청난 양의 실전을 통해 몸으로 체득했다는 것으로 밖에는 설명할 수 없었다.

'도대체 얼마나 고통을 받고 있는 거야, 발렌!'

이바나는 경악하고야 말았다.

*   *   *

"쏴, 쏴라! 적을 공격하라!"

마법사들 진영이 대혼란에 빠졌다. 뒤에서 대기하고 있던 마법사들은 전투 소리가 점점 가까워지는 것을 듣고 공포에 질렸다. 분명 적은 한 명이라고 보고를 받았다. 그런데 그 한 명이 몇백 미터를 전진해 마법사들이 있는 후방까지 도달하고 있었다. 공포에 사로잡힌 마법사 지휘관이 그런 명령을 내렸다. 옆에 있던 부하가 소리쳤다.

"아군과 난전을 벌이고 있어 마법을 사용하면 아군이 말려듭니다!"

"돌파당하면 우리가 죽어, 이 새끼야! 얼른 쏴!"

적들이 점차 공포에 질렸다. 단 한 명이 벌써 얼마나 많은 부대를 격파하고 후미까지 전진한 건지 헤아릴 수 없었다. 그때, 뒤에서 느껴지는 엄청난 살기에 마법사 지휘관의 눈동자가 커진다. 뒤를 돌아보자 수많은 아군을 돌파한 괴물과 눈이 마주쳤다. 녀석은 살벌한 표정으로 그를 노려보고 있었다.

"히야아아악!"

알 수 없는 비명 소리와 함께, 지휘관의 목이 날아간다. 순식간이었다. 오러도 뭣도 아닌 일반적인 칼부림에 목이 사라진 것이다.

"드디어 잡았다. 네가 가장 귀찮았어."

단 한 명의 적이 무심한 눈으로 목이 바닥에 굴러다니는 마법사 지휘관을 내려다본다. 그러고는 아무 일 없다는 듯 다시 정면을 바라본다. 그가 바라본 이는 마법사들이다. 그가 하늘 높이 손을 번쩍 쳐들어 올렸다.

"파이어 레인!"

하늘에서 불이 비처럼 쏟아져 내렸다. 순식간에 불이 번져 병사, 마법사할 것 없이 옮겨 붙는다.

"으아아악!"

불이 옮겨 붙은 병사들과 마법사들이 비명을 질렀다. 그 와중에 한 명의 적은 블링크로 재빨리 위치에서 벗어났다. 그리고 다른 곳에 나타나 다시금 공격했다. 메이어 신성 제국군의 진영은 대혼란에 빠졌다.

"도대체 이게 무슨……."

아덴 공작은 이 믿기지 않는 광경을 보고 넋을 잃고 말았다. 단 한 명이다. 단 한 명의 마법사가 15만 명을 일방적으로 유린하고 있었다. 그리고 그에게 계속해서 보고가 전달되었다.

—혼란에 빠진 아군끼리 교전하고 있다.

—아군이 적들을 향해 날린 화살과 마법에 의해
아군의 피해가 생기고 있다.

—적은 세인브리트 마탑의 마탑주와 마법사들
이다.

정체도 아직 알려진 바 없는 단 한 명의 적 때문에 엄청
난 혼란이 찾아왔다. 그에게 보고되는 것들은 대체로 적은
한 명이 아니라는 것이다. 그러나 멀찍이서 이 광경을 지켜
보고 있는 아덴 공작은 적이 여러 명이 아닌 한 명임을 잘
알고 있었다.

"고작 한 명에게 15만이나 되는 병력이 유린당하고 있다
니. 지금 내가 꿈을 꾸고 있는 겐가?"

보고도 믿을 수 없는 일이다. 이렇게 할 수 있는 존재는
이 세상에 그 누구도 없었다. 500여 년 전에 멸족한 드래곤
이 아닌 이상에야 이게 현실적으로 가능한 일이란 말인가!

'혹시 저자는 인간이 아니라 폴리모프를 한 드래곤인
가?'

위기에 몰리면 냉정해진다고 하지만, 모든 것이 혼란스
러운 지금, 평소 냉정을 유지하던 그가 그런 허무맹랑한 생
각을 할 정도로 위기감을 느끼고 있었다.

그때였다.

"공작 전하!"

옆에 있던 참모의 소리와 함께 금속성이 울려 퍼지며 불 똥이 튀었다. 참모의 검과 자신의 진영을 유린한 적의 검이 부딪친 것이다.

서로 마주했다. 평범하게 생긴 인간이다. 거기다 방금 전의 충격으로 후드가 벗겨지자 젊고 익숙한 얼굴이 드러났다.

"네놈은…… 마이셀 백작?!"

아덴 공작은 못 믿겠다는 표정으로 그를 바라본다. 고작 위저드급 마법사가 15만 명을 유린하다니? 아니, 애초에 아덴 공작 본인도 절대 하지 못할 일이다. 그런데 그는 해내고 있다. 설마 자신이 죽이려고 했던 자가 이렇게 나타날 줄은 꿈에도 몰랐던 것이다.

'뭐지? 이자는 내가 알던 그가 맞는가?'

아덴 공작은 그의 모습을 보고 이질감을 느꼈다. 처음 만났을 때와는 달랐다. 정확히는 그의 눈을 보고 이질감을 느꼈다. 그의 눈은 마치 오랜 세월을 산 것처럼 깊었으며 또한 공허했다.

* * *

'난 왜 싸우고 있지?'

어느 순간 그는 그런 생각을 했다. 자신이 왜 싸우고 있는지도 잊어 버렸다. 이유도 모른다. 일단 싸우고 있으니 싸웠다. 눈앞에서 달려드는 적들은 눈앞에 사신이라도 나타난 듯 공포에 질린다. 그럼에도 그는 앞으로 전진, 또 전진한다.

몸도, 마음도 지쳤다. 마나도 거의 텅 비었음에도 다시금 차올랐다. 써도 써도 마르지 않는 그의 마나를 보고 적들은 기겁하고 있었다. 그가 정말 인간이 맞는지 의심하는 자도 더러 있었다.

'이들하고 싸우는 건 왜지?'

언제부터였을까. 이게 일상이 되어 버렸다. 마치 당연한 것처럼 이 일을 해 오고 있었다. 자신에게 달려드니 계속 싸웠다. 왜? 어째서? 모든 것이 희미하다. 머릿속이 백지이다.

'모르겠다.'

그는 이제 모든 것을 내려놓았다. 아무 생각도 하지 않기로 했다. 어느 순간 그의 생각이 멈췄다. 그저 땅에 떨어진 무기를 주워 응수하고, 마법으로 적들을 공격하는 것에만 집중했다. 그렇게 싸우고, 또 싸우고. 점점 앞으로 나아간다.

어느 순간 좀 더 강한 녀석들이 나타나 그를 공격했으나,

발렌의 무신경한 표정에 지레 겁을 먹고 주춤주춤 물러난다. 발렌은 그래도 전진하는 어느 순간이었다. 평소처럼 검을 휘두르는데, 지금까지와 다른 실력자들이 발렌의 검을 막아 냈다.

불똥이 튀며 금속성이 울려 퍼졌다. 힘겨루기를 하려는 듯 보이자, 발렌의 주위로 마나가 회전한다.

'스트롱(Strong).'

순간 발렌의 몸에서 활력이 쏟아지고, 근력이 붙었다. 그러나 마나를 너무 많이 사용해서 그런지, 스트롱 마법을 써도 녀석들에게 힘으로 대항하기 힘들었다. 그렇게 잠깐의 힘겨루기를 하고 있을 때였다.

"그만!"

그 소리에 모두가 자리에서 가만히 섰다. 기사들이 그의 검을 튕겨 내고 그 즉시 뒤로 물러난다. 그러나 무기를 내려놓지 않은 채, 발렌에게 겨누고 있었다. 그를 공격한다기보다, 자신을 최소한 방어할 수 있도록 하기 위함이다. 기사들 사이로 누군가가 걸어 나온다. 발렌의 시선이 그에게로 향했다.

"마이셀 백작. 그대는 도대체 정체가 뭐지? 내가 아는 자가 맞는 건가?"

"……"

발렌은 그를 가만히 바라보았지만 누군지 모르겠다는 표정이다.

실제로 발렌은 아무리 생각해도 그가 누구인지 떠오르지 않았다. 그래서 그는 아덴 공작을 뚫어져라 바라만 보았다.

아덴 공작은 그 눈빛을 보고 자신도 모르게 한 발자국 뒤로 물러났다. 그 누구에게도 두려움을 느낀 적 없던 아덴 공작도 거대한 존재를 눈앞에 둔 것처럼 두려움을 느끼고 있었다.

"역시. 몇 달 만에 위저드급 마법사가 된 것부터 수상쩍다 했더니. 뭔가를 숨기고 있었군. 네놈을 제거해야 하는 이유가 뭔지 이제야 확신이 드는군."

아덴 공작이 검을 뽑아 든다. 그를 여기서 제지해야 한다. 이 이상 그가 설치도록 놔둘 수 없는 노릇이다.

"이제 그대가 설치는 것도 끝이다. 내가 직접 상대해 주도록 하지."

아덴 공작은 청년으로 되돌아간 것처럼 피가 끓어올랐다.

소설가였던 그는 한 명의 기사이기도 했고, 대련을 즐기는 자였다. 참으로 오랜만에 느껴보는 감정이었다. 마스터급의 경지에 다다르고 모두가 자신의 상대가 되지 않아 시시했는데, 이제 제대로 붙어 볼 상대가 눈앞에 와 주었다.

아덴 공작은 최선을 다하겠다는 듯 검에 오러 블레이드를 씌웠다. 그리고 먼저 움직인 것은 발렌이었다. 빠르게 달려드는 발렌. 설마 먼저 달려들 줄은 몰랐기에, 아덴 공작은 약간 당황했다. 그러나 그뿐이다. 아덴 공작이 그의 검을 위로 쳐 내며 가로로 휘둘렀다. 그 순간, 발렌의 모습이 감쪽같이 사라지고, 뒤에서 나타났다.

"이런!"

블링크였다. 순식간에 뒤를 잡히자, 아덴 공작이 재빨리 몸을 숙였다. 그의 바로 위로 검이 스친다. 조금만 늦었어도 큰 상처를 입었을 것이다. 그러나 아덴 공작도 결코 만만치 않았다. 피하는 와중, 그는 순식간에 발을 들어 올려 반격까지 한 것이다. 발렌의 복부를 걷어찼다. 발렌이 뒤로 몇 발자국 물러나더니 다시금 검을 쥔다. 아덴 공작이 그에게 검을 겨누었다.

"이게 끝인가? 다시 한 번 와라."

파지직!

그의 검에 전류가 머물렀다. 그리고 검을 휘두르자 전류가 그를 향해 날아든다. 아덴 공작이 인상을 찌푸리더니 마나를 끌어모았다. 주위에 푸른 기운이 머무르고, 일제히 그를 향해 방출했다.

화악!

마나가 실린 돌풍이 불어와, 그의 검에 머물렀던 전류에 마나 배열을 흐트러지게 만들어 무력하게 만든다.

"마치 옛날에 있었던 마검사처럼 행동하는구나. 문헌으로 자신의 검에 마법을 실어 공격한다는 건 알고 있었지만, 그걸 실제로 행하는 자는 머리에 털 나고 처음 보는군."

마검사들은 자신의 무기에 마법을 실어 공격하는 형식을 주로 사용했다고 들었다.

날카롭게 찔러 들어오며 마법을 동시에 사용하고 있다. 확실히 마법사가 검까지 다룬다면 까다로운 건 사실이다. 그러나 그것은 육체와 정신을 동시에 지치게 만들어 더 많은 의지를 요구한다.

마검사, 마창사, 마투사 같은 것이 왜 사라졌겠는가. 한 가지만 파고드는 게 시간적으로 가장 효율적이라 판단하여 사라진 것이다. 현 시대에서는 이런 말이 있다. 검사는 검사답게, 마법사는 마법사답게. 한 가지만 파고드는 게 기본 중의 기본이다.

검에 어떻게 마법을 실어 공격하는지 그 방법이 유실되어 문헌으로만 기록된 기술이지만, 예상치 못한 그의 공격은 아덴 공작을 깜짝 놀라게 하기에는 충분했다. 그러나 공격에 실패한 것은 뼈저린 실수이다.

"열심히 싸웠네. 비록 적이지만, 그대는 그 누구도 해내지 못할 일을 해냈으니까. 그대의 업적은 내가 직접 세상에 알리도록 하지."

적이지만, 훌륭하다.

그것이 아덴 공작의 솔직한 생각이었다. 그가 나섰기에 자신의 병사들은 이미 사기가 저하될 대로 저하되었다. 이 번 전투는 승리를 해도 승리한 것이 아니다. 고작 한 명에 게 15만 명이 유린당한 것은 결코 쉬운 일이 아니다.

"이제 내 칼을 받⋯⋯."

아덴 공작이 말을 하다가 도중에 말을 끊었다. 발렌의 머리카락과 눈이 붉게 물들기 시작한 것이다. 아덴 공작은 알 수 없는 기술. 그리고 발렌에게서 이변이 생겼다.

"⋯⋯허!"

아덴 공작은 기가 찬 표정으로 그를 바라보았다. 다시금 그의 마나 탱크에 마나가 쌓였다는 걸 눈치챈 것이다. 드디 어 마나를 다 썼다고 생각했는데, 다시 채워지다니. 아주 많지는 않지만, 일부 회복한 것을 보고 기가 찰 수밖에 없 었다.

'무슨 간계인지 모르지만, 피하거나 막아 내어 일격을 날린다!'

아덴 공작은 그의 손에 시선을 집중시킨다. 한 손에는 화 염이, 다른 한쪽에는 전류가 모인다. 더블 캐스팅. 한 번에

두 가지 마법을 동시에 사용하는 것이니 위협이 될 수밖에 없다.

'좀 아슬아슬하겠군.'

그러나 아덴 공작은 자신만만한 표정이다. 저것만 피하면 승리는 자신의 것. 그가 예상치 못한 복병이었으나 결국 마법사는 자신을 이길 수 없다고 생각하고 있는 그 순간이었다. 그는 갑자기 한기를 느꼈다. 그의 머리 위에 무수히 많은 얼음덩어리가 떠오르고 있었다.

"트리플…… 캐스팅?"

그의 눈이 휘둥그레진다. 그러나 이미 휘두른 검은 멈추지 못한다. 얼음덩어리가 화살처럼 날카롭게 다듬어지고 그를 향해 날아든다. 더블 캐스팅을 사용하는 것은 어떻게든 이해한다고 해도, 트리플 캐스팅을 사용하리라고는 그 누구도 예상하지 못했을 것이다.

대륙 최고의 수석 마법사인 전대 세인브리트 마탑주도 더블 캐스팅이 한계였다. 전대 마탑주도 하지 못한 트리플 캐스팅을 설마 그가 하리라고 누가 상상이나 했겠는가!

대륙 역사상 트리플 캐스팅을 실제로 할 수 있는 마법사는 단 한 명. 보나바르 디 에디소프 밖에 없었다.

'아니야. 그럴 리 없어!'

아덴 공작이 현실을 부정했다. 그러나 자신에게 뒤이어

날아오고 있는 얼음 화살은 현실이었다.

'이건 말도 안 된다고!'

현실을 맹렬히 부정했지만, 뒤이어 날아오는 얼음 화살은 아덴 공작의 몸을 인정사정없이 꿰뚫었다.

"컥! 커윽!"

아덴 공작이 입에서 피를 토해 냈다. 이미 그는 사람의 꼴이 아니었다. 보통 사람들 같았으면 진작 죽어도 이상할 게 없었지만, 그는 여전히 살아 있었다. 물론 살아 있어도 금방 꺼질 불씨일 뿐이지만 말이다.

"마, 마, 마……."

말도 안 된다는 말을 하고 싶은 아덴 공작. 그러나 그의 입에서는 끝내 그 말이 나오지 못했다.

"……."

공허한 시선으로 그런 아덴 공작을 바라보는 발렌. 그가 검을 휘둘렀다. 순식간에 검이 빠르게 스쳐 지나간다. 아덴 공작의 목에 천천히 선혈이 그어지고, 곧 머리를 잃은 몸이 허수아비처럼 앞으로 꼬꾸라졌다.

그의 시선이 옮겨진다. 그의 눈에 다수의 성기사와 일반 사병들이 눈에 들어왔다. 그가 더 이상 싸울 상태가 아니라는 것을 알고 있지만, 그의 무위를 직접 두 눈으로 목격한 메이어 신성 제국의 병사들은 주춤주춤 뒤로 물러났다. 본

능적으로 그와 싸우기를 거부하고 있었다.

"아, 악마……."

붉은 눈, 붉은 머리. 마치 악마를 연상케 하는 듯한 공포
감에 사로잡혔다. 발렌이 앞으로 한 발자국 내딛자, 메이어
신성 제국군은 두 걸음 뒤로 물러난다. 발렌은 늘 있는 일
처럼 검을 쥐었다. 그리고 힘껏 참모들을 노려보았다. 그의
눈빛에 지레 겁을 먹은 부사령관.

"퇴, 퇴각하라! 퇴각하라!"

부사령관이 퇴각 명령을 내렸다. 퇴각 명령이 떨어지자
근처에 있던 병사들이 비명을 지르며 무기를 버리고 도주
하기 시작했다.

발렌은 그들을 추격하며 병사들을 마구잡이로 학살하기
시작했다.

*　　　*　　　*

엄청난 수의 대군이 일제히 철군하기 시작한다. 이바나
는 그 광경을 직접 목격했다. 그들은 시체를 완전히 수습할
새도 없이 퇴각하였고, 덕분에 시체들이 널린 평원 중앙에
홀로 서 있는 발렌을 목격할 수 있었다.

초록빛이 감돌던 평원의 일대가 빨갛게 물들고, 틈틈이

보이는 시체 사이에는 무기들이 아무렇게나 바닥에 구르고 있었다.

"이바나!"

엘리즈의 목소리였다. 근위 기사들과 마법 병단이 엘리즈의 명령이 떨어지자 즉시 달려온 것이다.

"말도 안 돼……."

엘리즈는 보고도 믿기지 않는 광경을 보게 되었다. 그녀뿐만이 아니다. 뒤에 있는 수많은 병력들도 그 광경에서 눈을 떼지 못하고 있었다. 수많은 적군들의 시체. 그중 아군의 것은 없었다. 적들의 것인지, 자신의 것인지 모를 정도로 피투성이가 된 발렌만 있었다.

정말로 그가 혼자서 막았다. 엄청난 수의 적군을 혼자서 막아 낸 것만이 아니라 그들의 전투 의지까지 완전히 꺾어 철군시켜 버리고 있다! 녹색으로 가득했던 평원이 새빨갛게 물들어 있다. 그리고 거대한 산이 만들어져 있다. 그 산이 시체들로 이루어진 모습이기에 모두 경악할 수밖에 없었다.

"발렌……."

이바나가 그에게 천천히 다가간다. 피투성이가 된 채, 수많은 시체 위에서 공허하게 하늘을 바라보고 있던 그가 시선을 돌렸다. 그의 공허한 눈빛을 보고 이바나는 왈칵 눈물이 날 것만 같았다. 그의 눈빛에서 그 어떤 감정도 찾아볼 수 없었다. 이런 광기 속에서 그는 어떤 감정도 드러내지 않았다.

발렌이 스스로 입을 열었다.

"발렌?"

이바나는 발렌의 표정이 이상하다고 느껴졌다. 마치 발렌이 누구를 가리키는지 모르겠다는 얼굴이다. 그가 검을 들어 올려 그녀에게 겨눈다.

"왜, 왜 그러는 거야, 발렌?"

"넌 누구냐."

그 말에 이바나의 눈동자가 하늘에 떠 있는 보름달만큼 커졌다. 발렌은 살기 가득한 눈으로 그녀를 노려보고 있었다. 그것은 거짓이 아니었다.

'날…… 잊었어?'

이바나는 발렌이 도대체 얼마나 오랜 세월을 싸운 것인지 짐작하기 어려웠다. 이바나의 이름과 얼굴마저 잊었고, 심지어 본인의 이름까지 잊었다. 그는 적인지 아군인지조차 모르겠다는 듯 그녀를 바라보고 있었다.

발렌은 그만큼 오랜 세월을 싸웠다. 그가 원하던 목적도 잊었다. 한 발자국이라도 더 다가가면 죽일 것 같은 얼굴이다. 눈물이 왈칵 쏟아질 것 같다.

"발렌, 나야. 정말 날 모르겠어?"

그녀가 한 걸음 앞으로 내디딘 순간이었다.

화악!

순간 날카로운 바람이 그녀의 옆을 스쳐 지나갔다. 그녀의 뺨에 선혈이 그어졌다. 그에게로 향하던 그녀의 발이 멈췄다. 그리고 숨이 막혔다. 그에게서 뿜어져 나오는 엄청난 살기가 그녀를 압박하고 있는 것이다.

"이 이상 다가오면 가만두지 않겠어."

발렌은 그녀를 보고 지금까지 싸운 이들과 다르다는 생각에 죽이지 않고 있을 뿐, 접근하려고 한다면 언제든 죽일 생각이었다. 오직 사람을 죽이는 살인귀 같은 눈동자로 자신을 노려보는 발렌. 이바나가 그 자리에 털썩 주저앉았다.

발렌이 그녀를 베지 않고 있는 것은, 자신과 싸웠던 메이어 신성 제국의 병사들과 분위기나 행동이 달랐기 때문이다. 그동안 자신과 싸웠던 이와 반응이 달랐기에 죽이지 않았다. 단지 그뿐이었다.

"이제 지쳤어."

자신이 왜 여기 있었는지, 왜 싸우고 있었는지, 무엇을 위해 여기 있었는지는 잊었다. 그러나 한 가지 확실한 건 이런 일은 이미 지쳤다는 것이다. 그의 몸이 빛으로 감싸였다.

발렌의 주위로 빛이 떠돌더니 순식간에 사라졌다. 좌표도 설정하지 않고, 그저 무작정 아무 곳으로 사용한 텔레포트. 그의 모습이 감쪽같이 사라지고, 그녀가 주저앉은 채 울었다. 알레하그라 평원에 이바나의 울음소리가 울려 퍼졌다.

〈다음 권에 계속〉

ORIGINAL FANTASY STORY & ADVENTURE

양인산 판타지 장편소설

마탑의 사서

"그대는 이 책으로 인해
나와 같은 영광을 누리게 될 것이다."

사서에서 대마법사의 뒤를 잇는 제국의 영웅으로,
내일을 되찾기 위한 발렌의 여정이 시작된다!

『마탑의 사서』를 가장 빠르게 보는 방법!

'스마트폰으로 접속!'